PETRA NEUMAYER

Das Geheimnis
im Grapefruitkern

Buch

Diese praxisorientierte Einführung in die Selbstbehandlung mit dem Grapefruitkern-Extrakt stellt ein neues Wundermittel der alternativen Medizin vor. Ausgehend von einem ganzheitlichen Ansatz beschreibt die Autorin, bei welchen Beschwerden der Grapefruitkern-Extrakt zur Linderung und Heilung von Krankheiten führt: Als natürliches Antibiotikum bekämpft der Grapefruitkern-Extrakt effektiv und ohne die Nebenwirkungen der meisten chemischen Medikamente nahezu alle Leiden, die von Bakterien oder Pilzen ausgelöst werden, und wirkt auch als Virostatikum. Zudem empfiehlt sich sein Einsatz in der Körperpflege, bei der Behandlung von Haustieren und zur Desinfektion. Im praxisorientierten Ratgeberteil werden genaue Dosierungsanleitungen gegeben und Verwendungsmöglichkeiten des Grapefruitkern-Extrakts aufgezeigt.

Autorin

Petra Neumayer arbeitet als freie Medizinjournalistin (u. a. für die Süddeutsche Zeitung) und als Sachbuchautorin. Sie hat bereits zahlreiche Gesundheitsratgeber zu den Themen »Alternative Heilmethoden« und »Biologische Krebsabwehr« veröffentlicht. Petra Neumayer lebt mit ihrem Sohn in der Nähe von München.

Sicherheitshinweis:

Die hier vorgestellten Informationen sind nach bestem Wissen und Gewissen geprüft, dennoch übernehmen die Autorin und der Verlag keinerlei Haftung für Schäden irgendeiner Art, die sich direkt oder indirekt aus dem Gebrauch oder Mißbrauch der hier vorgestellten Anwendungen ergeben. Bitte beachten Sie in jedem Falle die Grenzen der Selbstbehandlung und nehmen Sie bei Krankheitssymptomen professionelle Diagnose und Therapie durch ärztliche oder naturheilkundliche Hilfe in Anspruch.

PETRA NEUMAYER

Das Geheimnis im Grapefruitkern

Ein Pflanzenextrakt als
universelles Heilmittel

GOLDMANN

Originalausgabe

Der Goldmann Verlag
ist ein Unternehmen der Verlagsgruppe Bertelsmann

Originalausgabe Juli 1997
© 1997 Wilhelm Goldmann Verlag, München
Konzeption und Realisation: Ariadne Buchkonzeption
Umschlaggestaltung: Design Team München
DTP-Satz: Barbara Rabus
Druck: Presse-Druck Augsburg
Verlagsnummer: 13997
Lektorat: Olivia Baerend
Redaktion: Christine Proske (Ariadne Buchkonzeption)
Herstellung: Stefan Hansen
Made in Germany
ISBN 3-442-13997-X

3 5 7 9 10 8 6 4 2

Inhalt

I. Vorwort

Jede Zeit hat ihre besonderen Charakteristika. So werden wir im hochtechnisierten Zeitalter häufig mit Krankheiten konfrontiert, die unseren Vorfahren noch unbekannt waren. Viele Leiden lassen sich dabei auf die veränderte Lebensweise, Umweltgifte, Luftverschmutzung, die übermäßige Belastung im Beruf und auf den sogenannten Freizeitstreß zurückführen. Zwar konnte die Menschheit mit Hilfe der Medizin, insbesondere der pharmazeutischen Industrie, bislang den Wettlauf zwischen neuen Krankheiten und medizinischer Forschung ausgeglichen gestalten, doch langsam fordern die Anstrengungen, die dafür unternommen werden müssen, ihren Preis. Das Gleichgewicht des menschlichen Organismus gerät in zunehmendem Maße aus den Fugen. Betrachten wir nur einmal die stetig steigende Zahl der Allergiker. Heutzutage gibt es kaum noch einen Stoff, dem keine allergische Wirkung nachzuweisen wäre: angefangen beim Blütenstaub bis hin zu kosmetischen Präparaten und Nahrungsmitteln. Und eine Besserung scheint nicht in Sicht. Kaum hat sich die Wirksamkeit eines Medikaments in teuren und aufwendigen Prüfverfahren belegen lassen, sorgen eben diese Substanzen postwendend wieder für negative Schlagzeilen. Besonders deutlich zeigt sich dies bei den antibiotisch wirkenden Medikamenten. Sie galten vor nicht allzu langer Zeit noch als das Allheilmittel gegen infektiöse Erkrankungen, doch mußte man jetzt eine hartnäckige Resistenz von Bakterien und Viren gegenüber diesen Präparaten erkennen. Sooft die Menschheit auch versuchte, die Krankheit als Schreckgespenst des Lebens auszumerzen, sooft fand die Natur in Form von neuen Leiden den Weg zurück in das Bewußtsein des Menschen. Dieses »Wettrüsten« hat inzwischen Dimensionen angenommen, die nahezu unfinanzierbar sind. Davon legen die Krankenkassenbeiträge Zeugnis ab, die ins unermeßliche steigen.

1. Die Reise nach innen

Wie also kann man dieser schwindelerregenden Entwicklung entkommen? Ich glaube nicht, daß die Lösung für eine gesunde und finanzierbare Gesundheitspolitik darin bestehen kann, mit immer teureren und ausgefeilteren Diagnosemethoden die innersten Strukturen des menschlichen Seins auf der materiellen Ebene zu ergründen. Zwar zeigen uns die gegenwärtigen Diagnose- und Therapieversuche die Richtung – aber leider nicht den Weg. Es ist wohl richtig, sich auf den Weg nach innen zu machen und die strukturelle Beschaffenheit des Menschen zu studieren. Eine Antwort auf die Frage nach dem metaphysischen Sinn von Krankheit kann diese Art der Innenschau jedoch nicht geben.

2. Irrwege der Medizin

Ironischerweise glauben die Wissenschaftler, daß in der Geschichte der Menschheit Fehler immer nur in der Vergangenheit gemacht wurden und man heute natürlich viel klüger sei als damals. So ist es nicht verwunderlich, daß fast täglich von neuen Medikamenten und Heilungen berichtet wird. Auch dieses Buch wird Ihnen ein wunderbares neues Heilmittel näherbringen, dessen Wirkungsspektrum vom einfachen Schnupfen bis hin zu Krebs und Aids das komplette Repertoire menschlichen Leidens abdeckt. Dennoch möchte ich es nicht versäumen, die aufkeimende Euphorie gleich an dieser Stelle etwas zu dämpfen. Mit dem in diesem Buch vorgestellten Grapefruitkern-Extrakt ist es tatsächlich möglich, ein sehr breites Leidensspektrum des Menschen positiv zu beeinflussen. Dennoch sollte auch mit dem Grapefruitkern-Extrakt sehr behutsam umgegangen werden. Diesen Hinweis gebe ich nicht deswegen, weil die Anwendung von Grapefruitkern-Extrakt mit negativen Nebenwirkungen einhergehen könnte, sondern vielmehr deshalb, weil es meines Erachtens auch bei diesem – bislang als unbedenklich geltenden – Heilmittel zu einer Art Memory-Effekt kommen könnte. Ein solcher führt möglicherweise dazu, daß die heilende Wirkung bei übermäßig häufiger Anwendung ausbleibt. Da die Erforschung des Grapefruitkern-Extrakts gerade erst am Anfang steht, ist dies noch nicht belegt. Doch wenn wir die Fehler aus unserer Geschichte vermeiden wollen, müssen wir auch die Frage stellen, warum Viren und Bakterien sich zu einem natürlichen Antibiotikum wie dem Grapefruitkern-Extrakt anders verhalten sollten als zu den chemischen.

II. Ganzheitliches Verständnis von Krankheit und Gesundheit

Bevor ich nun das neue Heilmittel Grapefruitkern-Extrakt näher beschreibe, möchte ich noch einige Gedanken zum ganzheitlichen Verständnis von Krankheit, Heilung und zum Gebrauch von Medikamenten als Anregung für den Einsatz von Grapefruitkern-Extrakt ansprechen.

Grundsätzlich weist jede Erkrankung des Menschen indirekt auf eine verborgene Problematik hin. Immer häufiger werden die Zusammenhänge von psychischen Fehlfunktionen und körperlichen Erkrankungen auch in der modernen Schulmedizin dokumentiert. Der Volksmund weiß über diese Zusammenhänge schon seit Menschengedenken zu berichten. Redewendungen wie die Nase voll haben, sich den Kopf zerbrechen, etwas nicht schlucken können etc. sind uns in ihrer Doppeldeutigkeit schon immer präsent und bewußt gewesen. Erst die rein mechanistische und symptomorientierte Medizin hat uns diese Zusammenhänge vergessen lassen. Nicht das Handeln des einzelnen Menschen wird in der modernen Medizin für dessen Wohlbefinden verantwortlich gemacht, sondern es geht ihr ausschließlich darum, gegen jede Krankheit das richtige Medikament zu finden. So entwickelte sich der Prozeß des Heilens immer mehr zu einem Kampf gegen die Krankheit. Doch gerade hier gilt es, Vorsicht walten zu lassen. Wie schnell sich die Wirksamkeit von pharmazeutischen Erzeugnissen selbst überholt, zeigt uns die Mutationsfähigkeit von Viren und Bakterien, mit der diese es schaffen, antibiotische Substanzen außer Kraft zu setzen. Immer häufiger sind die Ärzte bei der Verabreichung von Medikamenten mit ihrem Latein am Ende. Daher sollte sich der Therapeut bei der Behandlung von Krankheit nicht auf die Bekämpfung von Symptomen beschränken, sondern sich vielmehr einen umfassenden Einblick in die Gesamtsituation des jeweiligen Patienten verschaffen.

Grapefruitkern-Extrakt:
ein kostbares Medikament der Natur

Auch beim Grapefruitkern-Extrakt haben wir es im Grunde genommen mit nichts anderem zu tun als mit einem äußerst wirksamen Medikament, das in der Lage ist, eine große Bandbreite von Symptomen zum Verschwinden zu bringen. Wir dürfen deshalb auch hier nicht vergessen, daß Krankheit immer eine ganzheitliche Betrachtung erfordert, um wahre Heilung und nicht nur das Kurieren von Symptomen zu erreichen. Ganzheitliche Heilung kann nur dann stattfinden, wenn alle Seinsbereiche des Menschen in die Betrachtung miteinbezogen werden, also Körper, Seele, Geist und auch das soziale Umfeld des Patienten. Läßt sich das körperliche Krankheitsgeschehen noch ohne Probleme beschreiben, tun wir uns auf der geistigen und seelischen Ebene schon wesentlich schwerer.

Der Geist des Menschen läßt sich in der körperlichen oder materiellen Welt schlecht fassen, da die Definition des Geistes eine Bezeichnung für etwas Übersinnliches, Unfaßbares, aber den Menschen Ergreifendes ist. Man kann davon sprechen, daß die Definition des Geistes zwei Bedeutungen enthält: Erstens ist der Geist das allgemein belebende, beseelen-

de, übersinnliche Prinzip im Menschen und in allen Lebewe-
sen, zweitens ist er eine unsichtbare Substanz beziehungsweise Seinsstufe.

Die Seele hingegen kann als das Lebensprinzip von Pflanzen, Tieren und Menschen bezeichnet werden. Wir kennen
den Ausdruck, daß bestimmte Dinge eine Seele haben oder
beseelt sind (Gott hauchte Adam die Seele ein). In unserer
Betrachtung wird die menschliche Seele als äußerliches, mit
dem Leib verbundenes eigentliches Wesen des Menschen gesehen. Die individuelle Seele ist als immaterielles substan-
tielles Prinzip unzerstörbar und unsterblich. Wenn wir diesen Gedanken vollständig verstehen wollen, so kommen wir
an diesem Punkt der Definition an den Begriffen Energie,
Licht oder Gott kaum vorbei.

Im Pflanzenreich liegt nun die formgebende Kraft oder die
Seele im Samen als vollständige Anlage vor. Das heißt, bereits
im Samenkorn ist die gesamte Pflanze – vom Samen über die
Blätter und Stengel bis hin zur Blüte und der Frucht – angelegt.

III. Über die Lebensbildekräfte im Samen

Der Same ist ein aus den Samenanlagen hervorgegangener, von Hüllen umgebener und mit Nahrungsvorrat versehener Keim, der von der Pflanze abfällt und zu einem neuen Pflänzchen wächst.

Die Nährstoffe sind dem Samen entweder in einem Nährgewebe (Endosperm) mitgegeben, oder sie sind im Keimling (Embryo) selbst, zum Beispiel in den Samenblättern (Keimblättern), gespeichert. Die Botanik unterscheidet zwischen den nacktsamigen und den bedecktsamigen Pflanzen. Bei den Nacktsamern sitzt der Samen frei an den Fruchtblättern, wohingegen er bei den Bedecktsamern – wie bei den Zitrusfrüchten – in einer Frucht gebildet wird.

Die am höchsten entwickelten Pflanzen sind die Blütenpflanzen. Ihnen gegenüber stehen die blütenlosen Sporenpflanzen (Algen, Pilze, Flechten, Moose und Farne). Die hochentwickelten Blütenpflanzen unterscheiden sich von den Sporenpflanzen dadurch, daß ihre Fortpflanzungsorgane in den Blüten eingeschlossen sind und Frucht und Samen bilden.

Die Zitruspflanzen, um die es hier gehen wird, gehören botanisch gesehen zu den Beerenfrüchten, da sie aus mindestens fünf miteinander verwachsenen Fruchtblättern hervorgehen. Das Fruchtfleisch der Zitrusfrucht besteht aus keulenförmigen Saftschläuchen, welche die Fruchtfächer ausfüllen. Die bekanntesten Vertreter der Zitrusfrucht sind die Apfelsine (Orange), Zitrone, Zitronatzitrone, Pampelmuse, Grapefruit, Pomeranze, Mandarine und Limette. Die Zitruspflanze ist ein immergrüner kleiner Baum oder Strauch mit weißen oder rötlichen Blüten, die einen angenehmen Duft verströmen.

Soweit die Einordnung der Zitrusfrüchte innerhalb der Botanik. Doch was hier zunächst so nüchtern und sachlich beschrieben wurde, verbirgt ein Geheimnis, das sich dem Betrachter erst bei genauerem Hinsehen offenbart.

Haben Sie sich schon einmal die Frage gestellt, warum denn aus einem einzigen Samenkorn (entsprechende Wachstumsbedingungen immer vorausgesetzt) eine ganze Pflanze wird? Oder was in der Geschichte der Erde zuerst da war, der Same oder die Pflanze beziehungsweise die Frucht? Diese unbeschreiblichen und bis heute wissenschaftlich ungeklärten Phänomene haben nicht nur die Denker und großen Geister der Vergangenheit vor unlösbare Aufgaben gestellt, sondern geben der Menschheit nach wie vor ein scheinbar ewiges Rätsel auf.

Interessant ist die Tatsache, daß in einem winzigen Samenkorn bereits die ganze Idee der Pflanze angelegt ist. So finden wir im Samenkorn (und nicht nur dort) eine auf die Unendlichkeit programmierte materielle Substanz, deren Geist oder Seele dem menschlichen Forschergeist bis in die heutige Zeit verborgen geblieben ist.

Bei der Grapefruit oder der Citrus paradisi, so wird die paradiesische Frucht von Botanikern bezeichnet, handelt es sich wie gesagt um eine immergrüne Pflanze. Sie unterliegt keinem jahreszeitlichen Wechsel, so daß sie keine Blätter abwirft. Auch von den Wachstumsbedingungen her braucht diese Zitruspflanze ein Klima, in dem es praktisch keine Winter gibt.

Symbolische Betrachtung des Samens

Beschränken wir uns einmal auf die Symbolik, die frei von Raum und Zeit ist und die das Wesentliche dennoch deutlich beschreibt. Der Same stellt die Einheit eines in sich vollständigen immerwährenden Lebensprinzips dar. Man könnte ihn mit einem Kreis symbolisieren. Bezeichnen wir diesen Kreis einmal als die Einheit, in der noch nichts zu unterscheiden ist. Fällt der Samen nun auf (für ihn) fruchtbaren Boden, beginnt er zu keimen. Jede Pflanze bekommt zunächst zwei Keimblätter, aus deren Mitte schließlich der Stengel und dann die eigentliche Pflanze hervorgeht. Anders ausgedrückt bedeutet dies, daß sich aus der Einheit die Polarität entwickelt und somit gegensätzliche Begriffspaare wie Gut und Böse, Krankheit und Gesundheit entstehen können.

Alles, was sich in dieser polaren Welt abspielt, bezeichnen wir Menschen als Leben. Dieses entwickelt sich innerhalb unserer Begriffe von Zeit und Raum so, wie eine Pflanze in der dreidimensionalen Welt heranwächst. Die Lehren der Geheimwissenschaften wie zum Beispiel der Esoterik, Alchemie oder Astrologie haben sich immer mit diesem Thema beschäftigt. Der auf Pythagoras zurückgehende Begriff der Esoterik bezeichnet die Lehre des inneren Kreises, die traditionell nur einer kleinen Gruppe von Schülern zur Verfügung stand. Das liegt daran, daß die Lehre für materialistisch denkende Menschen kaum Vorteile – aber um so mehr Gefahren mit sich brachte. So wurde dieses Wissen auch nicht besonders geheimgehalten, denn die Mehrheit der Menschen konnte und kann damit einfach nichts anfangen. Niemand würde heute behaupten, daß es sich bei der Mathematik oder Astrophysik um Geheimwissenschaften handelt, dennoch bleibt dieses Wissen für die Mehrzahl der Menschen im Verborgenen, also geheim, da sich die wenigsten näher damit auseinandersetzen wollen. Ähnlich verhält es sich mit der Esoterik, die, wie die Astro- oder Quantenphysik auch, jedem interessierten Menschen frei zugänglich ist. So liegt es also nur am nötigen Forscherdrang und der entsprechenden geistigen Reife, ob jemand die Geheimnisse dieser oder jener Wissenschaft ergründet.

Die Beschäftigung mit der Esoterik kann uns daher auf den richtigen Weg bringen, um tief in die Geheimnisse des Daseins einzudringen. Die Erkenntnis, die wir daraus für die Medizin beziehungsweise das Prinzip des Heilens gewinnen sollten, besteht darin, daß sich für jedes Problem oder jede Krankheit auch ein geeignetes Mittel finden läßt. Wir dürfen dabei jedoch nicht vergessen, daß Heilung immer einer höheren Instanz (wie immer wir diese auch nennen wollen) vorbehalten bleibt und wir Menschen lediglich ein Hilfsmittel zur Erreichung dieses Ziels geborgt bekommen. Daher sollten wir sorgsam mit den geliehenen Schätzen der Natur umgehen. Einen dieser kostbaren Schätze finden wir sicherlich im Grapefruitkern-Extrakt, einem universell einsetzbaren Wirkstoff aus dem Garten der Natur. Obwohl sich das Indikationsverzeichnis für Grapefruitkern-Extrakt wie das Who is Who der Krankheitsgeschichte liest, sollte dabei nie vergessen werden, daß sich durch die Einnahme von ein paar Tropfen Grapefruitkern-Extrakt nicht die jahrzehntelange Mißwirtschaft mit Körper, Geist und Seele ungeschehen machen läßt. Allerdings kann diese wertvolle Substanz den ersten Schritt einer wunderbaren Heilung einleiten, denn wer dazu bereit ist, die Wunder der Natur zu entdecken, der ist auch bereit, seinen Lebensweg und seine möglicherweise ungesunden Lebensgewohnheiten in die richtigen Bahnen zu lenken.

IV. Flüssiges Gold: das Wunder im Samen der Grapefruit

Mit dem Grapefruitkern-Extrakt schenkte die Natur dem Menschen ein Heilmittel mit einem riesigen Wirkungsspektrum, das sich auf eine Vielzahl auch moderner Erkrankungen anwenden läßt. Doch auch Geschenke der Natur sind nicht ganz umsonst. Ich möchte hier noch einmal kurz den Polaritätsgedanken aufgreifen und deutlich machen, daß jede Bewegung im Universum unweigerlich eine Gegenbewegung nach sich zieht.

1. Vom Prinzip der Krankheit

Betrachtet man das Prinzip von Krankheiten, so können diese als Gegenbewegung zur Gesundheit gesehen werden. Da Gesundheit jedoch ein Zustand ist, den die WHO (Weltgesundheitsorganisation) als körperliches, geistiges und seelisches Wohlbefinden definiert, wird schnell deutlich, daß das Gesunden an sich, im Sinne von »heilwerden«, nicht allein auf der körperlichen Ebene stattfinden kann.

An dieser Stelle möchte ich ausdrücklich betonen, daß auch die Einnahme des Grapefruitkern-Extrakts lediglich auf die materielle Ebene zielt. Sie hat keinen direkten Einfluß auf die geistigen oder seelischen Zustände des Menschen. Auch muß gesagt werden, daß das Ziel der ganzheitlichen Heilung zwar wünschenswert ist, große Teile der Menschheit jedoch ohne die Behandlung der Symptome bereits jämmerlich zugrunde gegangen wären. Das zeigen leider viele Beispiele von Patienten, die Heilung nur durch Meditation, Gesundbeten oder durch vermeintlich weise Ratschläge von Pseudoerleuchteten erreichen wollten – und dadurch ihr Leben verloren. Es geht also in keiner Weise darum, die symptomatische Medizin zu verdammen, sondern in Zusammenarbeit mit ihr einen Weg zur ganzheitlicheren Betrachtungsweise des Begriffs Heilung zu finden.

Für den einzelnen Patienten steht zunächst der Faktor Zeit im Mittelpunkt, wenn er sich zwischen bestimmten Therapiearten entscheiden muß. Auch der Grapefruitkern-Extrakt sollte deshalb bei schwerwiegenden Erkrankungen nur als additive Maßnahme eingesetzt werden. Brechen Sie bereits begonnene Therapien keinesfalls ab, sondern sehen Sie alles zusammen als sich ergänzende Maßnahmen Ihres ganz individuellen Heilungsprozesses an.

2. Heilung der kleinen Schritte

In diesem Sinne müssen sowohl die Therapeuten als auch die Patienten lernen, Heilung in kleinen und vor allem nachvollziehbaren Schritten zu erlangen. Gerade durch die Beseitigung der kleinen Unpäßlichkeiten kann meines Erachtens mit der gezielten Einnahme von Grapefruitkern-Extrakt Großes für den ganzheitlichen Heilungsprozeß geleistet werden. Kein anderes mir bekanntes Präparat oder kein anderer mir bekannter Wirkstoff weist eine so große Bandbreite von Einsatzmöglichkeiten auf wie der Grapefruitkern-Extrakt. Und nicht nur das. Alle bisherigen Untersuchungen zur Wirkungsweise des Grapefruitkern-Extrakts haben gezeigt, daß keine schädigenden oder toxischen Nebenwirkungen durch seine Einnahme aufgetreten sind.

Ähnlich wie das Teebaumöl, das antiseptische und antibakterielle Wundermittel aus Australien, enthält der Grapefruitkern-Extrakt antibakterielle und allgemein entzündungshemmende Substanzen. So eignet sich diese aus dem Kern der Grapefruit gewonnene Substanz hervorragend dazu, auf der körperlichen Ebene klar Schiff zu machen und Bakterien, Pilze oder Viren zu bekämpfen.

3. Hinweise zum Therapieteil

In dem ausführlichen »Krankheitsregister von A bis Z« können Sie daher nicht nur nachlesen, wie Sie die unterschiedlichsten Krankheiten (besser gesagt: die Symptome) mit Grapefruitkern-Extrakt erfolgreich behandeln können, sondern Sie finden dort auch weiterführende Anmerkungen und wertvolle Tips zu einem umfassenderen und erfolgreicheren Therapieansatz für Körper, Geist und Seele.

V. Die Geschichte des Grapefruitkern-Extrakts

Die Suche nach einem wirkungsvollen Allheilmittel in der Medizin ist so alt wie die Menschheit selbst. Mit zunehmendem Wissen über die biologischen Vorgänge im Körper von Mensch, Tier und Pflanze konnte sich die Medizin Schritt für Schritt an die Bausteine des Körpers herantasten, an denen sogenannte Sollbruchstellen bereits seit der Geburt angelegt sind. Unter diesen Sollbruchstellen verstehe ich den natürlichen Alterungsprozeß der lebenden Zellen. Daß sich diese jedoch aufgrund von Umweltbelastungen und psychischen Faktoren immer wieder verändern und beispielsweise schneller altern, rief zu allen Zeiten findige Forscher auf den Plan. So erforschte man den Menschen und mit ihm die Organe, Knochen, Muskeln, Sehnen, Zellen und den genetischen Code. Vieles blieb dem Forschergeist aber bis heute verschlossen. Dazu gehört der große Bereich der seelischen und geistigen Prinzipien. Dafür konnten jedoch viele interessante Einzelheiten in bezug auf Stoffwechselvorgänge und Ernährung sowie deren Auswirkungen auf den Körper, die Zellen und den Alterungsprozeß in Erfahrung gebracht werden. Eine Gruppe der wichtigsten Stoffe, die dem Körper über die Nahrung zugeführt werden, sind die Vitamine, die einen wesentlichen Einfluß auf die Gesundheit der Zellstruktur haben. Heute sind beispielsweise die Vitamine C und E besonders für ihre antioxydative, zellregenerierende und zellerhaltende Funktion bekannt.

1. Die Rettung von Jacques Cartier und seiner Mannschaft

Die Wissen um die Bedeutung der Vitamine begann etwa im 16. Jahrhundert. Zu dieser Zeit wurden die Menschen und besonders die Seefahrer von einer heimtückischen Krankheit, dem Skorbut, heimgesucht. Erst der französische Weltenbummler Jacques Cartier kam im Jahre 1534 im Zuge seiner Entdeckungsreisen der Lösung dieser sehr rätselhaften Erkrankung mehr oder weniger zufällig auf die Spur. Cartier und seine Besatzung erkrankten, kurz bevor sie die kanadischen Ureinwohner besuchten. Diese kannten ein eigenartiges Gebräu, das sie aus der Rinde und den Nadeln der Kiefer zubereiteten. Dieser teeähnliche Trunk enthielt wohl geringe Mengen an Vitamin C sowie einige Bioflavonoide: Das reichte aus, um die gesamte Mannschaft und den Kapitän vom Skorbut zu heilen.

2. Die Entdeckung von Vitamin C durch Albert Szent-Gyorgyi

Doch erst vier Jahrhunderte später, im Jahre 1928, wurde das lebenswichtige Vitamin C richtiggehend entdeckt und auch wissenschaftlich untersucht. Zu verdanken ist dies dem ungarischen Wissenschaftler Albert Szent-Gyorgyi, der das Vitamin C aus Zitrusfrüchten isolierte. Dafür erhielt er schließlich den Nobelpreis. Szent-Gyorgyi war es auch, der im Zuge dieser Forschungen neben dem Vitamin C in den gelben Pflanzenpigmenten (den sogenannten Bioflavonoiden) der Zitrusfrucht das Vitamin P isolieren konnte. Daraus bereitete er eine Mixtur, die er Citrin nannte und zur Therapie von

Skorbut einsetzen wollte. Das Citrin besaß jedoch keine wirklichen Vitamin-Eigenschaften, und es war aufgrund der chemischen Struktur sehr instabil und somit nicht auf längere Zeit konservierbar.

3. Der Nachweis von Pycnogenol durch Jacques Masquelier

Fast 20 Jahre später, im Jahre 1947, entdeckte Professor Dr. Jacques Masquelier an der Universität von Bordeaux ein Bioflavonoid in der Haut der Erdnußhülle. Die französische Regierung hatte den Professor damit beauftragt, nach Giftstoffen in den roten Pigmenten des Erdnußhäutchens zu suchen, da das Landwirtschaftsministerium wissen wollte, warum einige Tiere diese Schale nicht verzehrten. Masquelier konnte beweisen, daß sich dort keine giftigen Substanzen befanden.

Im Zuge dieser Forschungsarbeiten isolierte Masquelier als erster Wissenschaftler überhaupt Proanthocyanidin, eine spezielle Form der Bioflavonoide. Nach der Entdeckung in den Erdnußhäutchen konnte Masquelier dieses auch in der Kiefernrinde nachweisen. 1964 wurde diese Substanz, die der von Szent-Gyorgyi entdeckten sehr ähnlich war, in wesentlich höherer Konzentration auch in den Grapefruitsamen entdeckt. Dieses spezielle Bioflavonoid, das Proanthocyanidin, war wesentlich beständiger als das Vitamin C, das ebenfalls in den Kiefernnadeln gefunden worden war. Masquelier nannte diese Bioflavonoide wegen der Fähigkeit, größere Moleküle zu bilden, Pycnogenol. Er meldete ein Patent zur Warmwasserextraktion von Bioflavonoiden aus der Kiefernrinde an und nannte das Produkt Pycnogenol™.

4. Die Entdeckung des Grapefruitkern-Extrakts durch Jakob Harich

Ein ungemein vielseitiger und dazu nebenwirkungsfreier Bakterien- und Keimkiller verbirgt sich in einer der bekanntesten Zitrusfrüchte, der Grapefruit. Im Jahre 1964 sorgte der Arzt und Physiker Dr. Jakob Harich für Aufsehen. Er beobachtete, daß sich die Grapefruitkerne in seinem Komposthaufen hartnäckig dem natürlichen Verwesungsprozeß widersetzten. So machte sich Jakob Harich an die Arbeit und untersuchte sowohl die Schale als auch die Kerne der Grapefruit. Dabei stellte er fest, daß sich in den Grapefruitschalen und den Kernen eine geheimnisvolle Substanz befindet, die auf bemerkenswerte Art und Weise Infektionen im Körper, auf der Haut, den Ohren und im Mund lindern kann. Weiterführende Forschungen brachten ihn zu der Erkenntnis, daß der Grapefruitkern-Extrakt eine Wirkung besitzt, wie sie bis dahin nur von antibiotisch wirkenden Substanzen bekannt war. Weitere Untersuchungen zu diesem Thema bestätigten seine Vermutungen und Hoffnungen. Grapefruitkern-Extrakt kann demnach nicht nur Viren und Bakterien bekämpfen, wie dies auch von den gängigen antibiotischen Substanzen bekannt ist, sondern er erwies sich auch gegen Pilze und Parasiten als überaus wirksam.

Diese von Harich entdeckten Wirkstoffe vertrieb man später unter dem Handelsnamen Citricidal™. Seit dieser Zeit wird der Grapefruitkern-Extrakt immer wieder von der Food and Drug Administration (FDA), dem United States Department of Agriculture (USDA), dem Pasteur Institute sowie von zahlreichen Ärzten in umfangreichen internationalen klinischen Studien auf weitere neue Einsatzmöglichkeiten hin untersucht.

VI. Die geheimnisvolle Wirkung des Grapefruitkern-Extrakts

Jakob Harich hatte den Startschuß zu einer großangelegten klinischen Studie über den Grapefruitkern-Extrakt gegeben. Es stellte sich heraus, daß der Grapefruitkern-Extrakt eine Vielzahl von Kriterien erfüllt, die man sich von einem idealen biologischen Antibiotikum erwarten würde:

1. Grapefruitkern-Extrakt ist ein reines Naturprodukt.
2. Grapefruitkern-Extrakt hat ein breites Wirkungsspektrum und ist somit gegen eine Vielzahl von Bakterien, Viren, Pilzen und Parasiten einsetzbar.
3. Das körpereigene Immunsystem wird durch die Einnahme von Grapefruitkern-Extrakt nicht geschwächt, sondern im Gegenteil noch gestärkt.
4. Der Grapefruitkern-Extrakt ist auch noch in einer Verdünnung von 1 : 1000 wirksam.
5. In keiner der klinischen Testreihen zur Untersuchung von Grapefruitkern-Extrakt konnten negative Nebenwirkungen festgestellt werden.
6. Durch die Einnahme von Grapefruitkern-Extrakt bleibt die natürliche Bakterienflora im Mund- und Rachenraum, im Darm und in der Scheide unangetastet.
7. Grapefruitkern-Extrakt hat eine antioxydative Wirkung und vermindert somit die Bildung der gefährlichen Freien Radikale im Körper.
8. Grapefruitkern-Extrakt hat eine synergetische Wirkung zu Vitaminen.

1. Einsatzmöglichkeiten
von Grapefruitkern-Extrakt

Die Liste der Einsatzmöglichkeiten von Grapefruitkern- Extrakt ist beeindruckend – und sie wächst stetig an. Es hat sich gezeigt, daß Grapefruitkern-Extrakt ein sehr breites Wirkungsspektrum abdeckt, wie man es bislang nur von den mit starken Nebenwirkungen einhergehenden antibiotischen Präparaten kannte. So entfaltet der Grapefruitkern-Extrakt seine antibakterielle und antiseptische Wirkung bei Bakterien-, Viren- oder Pilzbefall, insbesondere auch bei Candida albicans.

Eine kurze Aufzählung soll zeigen, wie vielfältig die Einsatzmöglichkeiten von Grapefruitkern-Extrakt sind:

- Parasitenbefall
- Verdauungsstörungen
- Zahnfleischentzündung
- Streptokokkenangina
- Halsentzündung
- Ohrenentzündung
- Nagelpilz
- Schuppenflechte
- Warzenbildung
- Schnupfen
- Saures Aufstoßen
- Irritationen der natürlichen Scheidenflora
  und alle Hautkrankheiten

Außerdem eignet sich der Grapefruitkern-Extrakt zum Desinfizieren von mit Pestiziden behandeltem oder von Mikroben befallenem Obst und Gemüse. Dabei wird das Obst oder Gemüse einfach in reichlich Wasser mit ein paar Tropfen Grapefruitkern-Extrakt ausgeschwenkt.

2. Grapefruitkern-Extrakt und seine Anwendungsformen

Der Grapefruitkern-Extrakt ist eine stark konzentrierte zähe Flüssigkeit, mit der sehr sparsam umgegangen werden muß. Bei richtiger und fachgerechter Anwendung zieht der Grapefruitkern-Extrakt keine Nebenwirkungen nach sich. Allerdings muß man beim Umgang mit Grapefruitkern-Extrakt höchste Vorsicht walten lassen. Er darf niemals unverdünnt eingenommen werden und auf gar keinen Fall auf die Schleimhäute oder in die Augen gelangen. Sollte dies doch einmal vorkommen, müssen Sie die betreffenden Stellen sofort mit reichlich lauwarmem Wasser abwaschen beziehungsweise ausspülen.

Für den therapeutischen und alltäglichen Einsatz von Grapefruitkern-Extrakt gibt es jeweils unterschiedliche Konzentrationen, Aufbereitungsmöglichkeiten und Anwendungsformen. Eine genaue Anleitung entnehmen Sie bitte dem Praxisteil dieses Buches.

Handelsformen von Grapefruitkern-Extrakt

• Konzentrat	• Deospray
• Kapseln	• Fußspray
• Waschlotion	• Desinfektionsspray
• Ohrentropfen	• Puder

Bezugsquellenangaben und Adressen finden Sie im Anhang dieses Buches.

---

3. Bekannte Nebenwirkungen des Grapefruitkern-Extrakts

Darm

Die regelmäßige Einnahme von Grapefruitkern-Extrakt verursacht ab und an leichte Darmirritationen. Da Grapefruitkern-Extrakt eine starke antibakterielle Wirkung sowohl außerhalb als auch innerhalb des Körpers entfaltet, kann es so zunächst zu einem gesteigerten Stoffwechsel kommen. Dieser erhöhte Stoffwechsel geht mit dem vermehrten Ausscheiden von Schlacken einher, so daß sich insbesondere die Verdauungsaktivität kurzfristig verstärkt. Setzen Sie in diesem Fall die Einnahme von Grapefruitkern-Extrakt nicht fort, sondern warten Sie ab, bis sich die Darmaktivität wieder normalisiert hat.

Augen und Schleimhäute

Beim Grapefruitkern-Extrakt handelt es sich in der unverdünnten Form um eine stark ätzende Flüssigkeit. Es ist daher beim Umgang mit Grapefruitkern-Extrakt besonders darauf zu achten, daß der reine Extrakt beim Zubereiten der benötigten Lösungen auf keinen Fall in die Augen oder auf die Schleimhäute kommt. Sollte dies doch einmal der Fall sein, müssen Sie umgehend die betroffenen Körperregionen sorgfältig mit reichlich lauwarmem Wasser spülen.

Haut

Normalerweise richtet der Grapefruitkern-Extrakt keine gesundheitlichen Schäden an, wenn er unverdünnt auf die Haut – nicht aber auf die Schleimhäute! – gelangt. So wird beispielsweise bei der Behandlung von Warzen der Grapefruitkern-Extrakt auch unverdünnt direkt auf die betroffenen

Stellen aufgetragen. Allerdings kann es bei besonders emp-
findlicher Haut gerade an normalerweise unbedeckten Körperstellen zu Hautreizungen und Rötungen kommen. Die Behandlung von Warzen stellt jedoch einen Sonderfall dar, und
bei sachgemäßem Umgang mit dem Grapefruitkern-Extrakt
sollte lediglich der weitere Hautkontakt mit der unverdünnten Lösung vermieden werden. Sollten Sie daher aus Versehen
einmal mit dem reinen Grapefruitkern-Extrakt in Berührung
kommen, waschen Sie ihn am besten sofort mit warmem bis
lauwarmem Wasser ab.

Toxizität

Unter Toxizität versteht man die Giftigkeit eines Stoffs oder
eines Medikaments. Sie wird für jeden Stoff (ob Kosmetika
oder Nahrungsmittelergänzung) und jedes medizinische Präparat zunächst im Tierversuch ermittelt. Hierfür wurde eine
spezielle Bezeichnung, nämlich die LD (Letal Dose: eine sehr
hohe Dosierung, die beispielsweise bei Ratten zum Tode
führt) geprägt.

Beim Grapefruitkern-Extrakt ist es nahezu unmöglich, so
viel zu sich zu nehmen, daß diese LD-Dosierung erreicht
wird. In der unverdünnten Form ist er viel zu ätzend, so daß
jeder bereits nach wenigen Tropfen (die für den Gesamtorganismus keine toxische Belastung darstellen) von einer weiteren Einnahme sofort absehen würde. Bei einer in Wasser ge-
lösten Verabreichung kann wiederum keine Konzentration
von Grapefruitkern-Extrakt eingenommen werden, die hoch
genug wäre, um gesundheitliche Schäden zu bewirken. In
Amerika vorgenommene Studien haben diesbezüglich her-
ausgearbeitet, daß eine 75 Kilogramm schwere Person 375
Gramm eines 50prozentigen Grapefruitkern-Extrakts zu sich
nehmen müßte, um Vergiftungserscheinungen zu entwik-

keln. Anders ausgedrückt: Es müßte eine Menge von mindestens fünf Gramm Grapefruitkern-Extrakt pro Kilogramm Körpergewicht geschluckt werden.

Dosierung

Da der im Handel verkaufte Grapefruitkern-Extrakt meist keine 100prozentige Essenz darstellt (zumeist 60 Prozent Glyzerin und 40 Prozent Grapefruitkern-Extrakt), läßt sich eine ernsthafte Gefährdung der Gesundheit durch einen Mißbrauch von zu hohen Dosen nahezu ausschließen. Bei der Anwendung für den Menschen hat sich das Mischverhältnis mit einem 20prozentigen Grapefruitkern-Extrakt bewährt. Alle Dosierungsangaben in diesem Buch basieren auf diesem Mischverhältnis. Wenn Sie Produkte von Firmen benutzen, vergewissern Sie sich immer über deren Mischverhältnisse des Grapefruitkern-Extrakts. Sind mehr als 20 Prozent Grundextrakt enthalten, sollten Sie bei der Dosierung etwas sparsamer im Gebrauch mit dem Grapefruitkern-Extrakt umgehen.

Warnhinweis
Wie bei allen anderen Medikamenten gilt auch hier: Grapefruitkern-Extrakt außerhalb der Reichweite von Kindern sicher aufbewahren!

Stärkung des Immunsystems

Obwohl der Grapefruitkern-Extrakt ein breites Wirkungsspektrum bei gesundheitlichen Problemen abdeckt, ist sein Haupteinsatzgebiet doch in der Unterstützung der körpereigenen Immunsteigerung zu sehen. Er eignet sich deshalb hervorragend zur Stärkung eines geschwächten Immunsystems besonders bei Personen, die unter chronischer Müdigkeit leiden oder bei AIDS-Kranken, bei denen er wie ein natürliches und sanftes Antibiotikum den verschiedensten Infektionen Einhalt gebieten kann. Die Liste der Einsatzmöglichkeiten ließe sich noch beliebig fortführen, es sei an dieser Stelle jedoch auf den Praxisteil dieses Buches verwiesen, in dem Sie die speziellen Einsatzmöglichkeiten bei Krankheiten und Beschwerden detailliert nachlesen können.

4. Beispiele von Fallstudien

Im Jahre 1990 testete die amerikanische Food and Drug Administration den Grapefruitkern-Extrakt an 200 Patienten, die unter parasitären Infektionen litten. Das Ergebnis war verblüffend. Der Grapefruitkern-Extrakt entwickelte ein so breites Wirkungsspektrum, wie es noch von keinem anderen Arzneimittel bekannt war. An der Universität in São Paulo, Brasilien, konnten Wissenschaftler eine 100prozentige Effektivität bei der Hautdesinfektion nachweisen. Im Vergleich: Die Wirksamkeit von Alkohol, dem Standarddesinfektionsmittel, liegt lediglich bei 72 Prozent.

In Monterrey, Mexiko, kamen Ärzte zu einem verblüffenden Ergebnis: 15 von 20 Patientinnen, die unter vaginalem Parasitenbefall litten, wiesen nach drei Tagen keinerlei Symptome mehr auf. Sie hatten alle zwölf Stunden eine Spülung mit Grapefruitkern-Extrakt-Lösung durchgeführt. Die Ärzte berichteten auch, daß die Anwendung des Grapefruitkern-Extrakts die Erscheinungsformen des Herpes-Simplex-Virus bereits zehn Minuten nach der Anwendung inaktiviert.

Europäische Studien, geleitet von Dr. F. Feine-Haake vom Horphag Institut, zeigten die Wirksamkeit des Grapefruitkern-Extrakts bei der Behandlung von Krampfadern. Von

100 Personen, die täglich 90 Milligramm Grapefruitkern-Extrakt einnahmen, zeigte sich bei 80 Patienten bereits nach wenigen Tagen eine deutliche Besserung. Immerhin 90 Prozent derjenigen Versuchspersonen, die vorher unter nächtlichen Muskelkrämpfen gelitten hatten, berichteten, daß diese in der Folge ausblieben.

In Italien zeigte eine Studie an Patienten mit Beinödemen eine gute Wirkung. Die Gruppe bestand aus 40 Patienten, 13 Männern und 27 Frauen. Die Versuchspersonen nahmen täglich 300 Milligramm Grapefruitkern-Extrakt ein. Nach 30 Tagen gingen bei 26 Prozent der Patienten die Beinödeme zurück, nach weiteren 30 Tagen waren die Ödeme bei 63 Prozent der Testpersonen vollkommen verschwunden.

Die positive Wirkung, die der Grapefruitkern-Extrakt auf den menschlichen Körper hat, wird nicht nur in klinischen Untersuchungen belegt, sondern auch von vielen Anwendern weltweit bestätigt. Einige Wissenschaftler glauben in ihm gar eine Art Jungbrunnen entdeckt zu haben. Sie gehen nämlich davon aus, daß die Einnahme von Grapefruitkern-Extrakt den Vitaminen sozusagen eine Brücke direkt in die Zelle baut und so für eine stabilere Zellmembran sorgt. Dies führt letztlich dazu, daß die Zellen vor oxydativer Schädigung, wie sie beispielsweise von Freien Radikalen hervorgerufen wird, besser geschützt sind.

5. Ernährung und Grapefruitkern-Extrakt

Die richtige Ernährung spielt beim Alterungsprozeß eine wichtige Rolle. Sie kann nämlich dazu beitragen, das Leben um rund fünf bis zehn Jahre zu verlängern. So schreitet der Alterungsprozeß schneller voran, wenn die entsprechenden

Bausteine für die Gesunderhaltung der Zellen in der Nahrung fehlen. Der übermäßige Konsum von giftigen Substanzen fördert eine vorzeitige Erkrankung – davon sind insbesondere die Menschen in den sogenannten Industrienationen betroffen. Daher ist es besonders wichtig, entsprechende Nahrungsmittelzusätze wie Rutin oder Bioflavonoide, die im Grapefruitkern-Extrakt enthalten sind, einzunehmen.

Aber nicht nur der Grapefruitkern-Extrakt weist spezifische Heileigenschaften auf. Auch die Frucht der Grapefruit wird schon seit langem bei Beschwerden eingesetzt. Sie besitzt in der Volksmedizin zwar nicht den hohen Stellenwert anderer Hausmittel, wie zum Beispiel der Zitrone, aber die Erfahrung beweist, daß auch der Einsatz der ganzen Frucht beziehungsweise des Saftes eine große Bandbreite an Heilmöglichkeiten entfaltet.

Die Grapefruit und ihre Wirkung

- Die Grapefruit unterstützt die Elimination der alten roten Blutkörperchen.
- Sie wirkt positiv auf das Verdauungssystem.
- Sie regt den Appetit an.
- Sie stärkt das Immunsystem.
- Sie beugt gegen Krebs vor.
- Sie wirkt gegen Stoffwechselstörungen.
- Sie senkt den Cholesterinspiegel.
- Sie wirkt auf das Nervensystem.
- Sie wirkt positiv auf die Atmungsorgane.
- Sie hilft bei Erkältungen.
- Grapefruitsaft fördert die Verdauung durch Anregung der Gallentätigkeit.
- Grapefruitsaft, nachts getrunken, wirkt schlaffördernd.

VII. Freie Radikale:
aggressive Störenfriede

Freie Radikale sind chemisch instabile Sauerstoffmoleküle, die ständig in unserem Stoffwechsel entstehen. Zu ihrer Vollständigkeit fehlt ihnen ein Elektron. Dieses rauben sich die aggressiven Moleküle aus dem Bauplan einer gesunden menschlichen Zelle, die durch diesen Übergriff meistens zugrunde geht. Manche Forscher behaupten auch, daß die Freien Radikale ursächlich an der Entstehung von Krebs beteiligt sind, dann nämlich, wenn sie bis zum Zellkern vordringen, so daß dieser entarten und sich zur Tumorzelle ausbilden kann. Ein intaktes Immunsystem ist in der Lage, die aggressiven Störenfriede unschädlich zu machen. Allerdings vermehrt sich die Anzahl der Freien Radikale bedingt durch unsere Umweltsituation. Die zunehmende Luftverschmutzung, Smog, radioaktive Strahlung, Zigarettenrauch, UV-Licht, chronische Entzündungen, Streß und seelische Belastungen aktivieren die gefährlichen Moleküle. Auch im Hautgewebe befinden sich Freie Radikale. Da sie gesunde Zellen zerstören, sind sie maßgeblich am Alterungsprozeß der Haut (und des ganzen Körpers) beteiligt. Mit Grapefruitkern-Extrakt als wirksamem Antioxydans gegen Freie Radikale können Sie diesem Geschehen entgegenwirken.

Antioxydantien sind jene Präparate, die Freie Radikale in ihrer Wirkung neutralisieren. So empfehlen viele Ärzte eine reichliche Einnahme von Antioxydantien in Form von Vitamin C oder E. Durch eine ausgewogene und natürliche Ernährung ist dieser Vitaminbedarf normalerweise gedeckt, doch da gerade in den Industrieländern die Qualität der Nahrungsmittel und somit der Anteil an Vitaminen zu wünschen übrig läßt, wird die zusätzliche Einnahme von Vitaminpräparaten von medizinischer Seite verstärkt empfohlen. Zu beachten ist hierbei jedoch, daß Präparate in Form von Tabletten bei weitem nicht den Wirkungsgrad erreichen, den die natürlich in der Nahrung vorkommenden Vitamine besitzen.

1. Antioxydantien und Freie Radikale

Die Freien Radikale spielen auch bei der Arteriosklerose eine Schlüsselrolle. Arteriosklerose ist die erste Stufe zum Herzinfarkt. Ablagerungen an den Blutgefäßen beeinträchtigen dabei den Blutkreislauf und sorgen so für eine Unterversorgung der Muskulatur mit Sauerstoff – insbesondere der des Herzmuskels. Wissenschaftler wissen schon lange, daß diese Ablagerungen zum großen Teil aus dem für den Körper schädlichen LDL-Cholesterin bestehen (HDL-Cholesterin scheint dabei keine Rolle zu spielen). Aller Wahrscheinlichkeit nach verbinden sich nun die Freien Radikale mit dem LDL-Cholesterin und sorgen so für eine Oxydation. Normalerweise werden die Cholesterinpartikel, die sich vornehmlich an die Gefäßwände anlagern, von der körpereigenen Immunabwehr vernichtet – allerdings nicht vollständig. Die Ablagerungen an den Gefäßen vergrößern sich dann, die Blutzirkulation wird verlangsamt, die Blutgerinnungsfaktoren steigen. So entstehen kleine Gerinnsel um die Ablagerungen, bis die Blut- und Sauerstoffversorgung letztlich in einigen Gewebe- oder Muskelpartien vollständig zum Erliegen kommt. Derzeit gibt es noch keine klaren Antworten auf die

Frage nach der Wechselwirkung von Freien Radikalen und Cholesterinablagerungen. Allerdings weisen bereits einige Studien darauf hin, daß eine Ernährung mit einem hohen Gehalt an Antioxydantien das Risiko, an Herz- und Gefäßleiden zu erkranken, drastisch vermindert. Anders ausgedrückt: Die Einnahme von Grapefruitkern-Extrakt oder anderen Antioxydantien hält den Cholesterinspiegel niedrig.

Weitere natürliche Lieferanten von Vitamin C und Vitamin E	
Vitamin C (Ascorbinsäure)	
Beerenfrüchte	Paprikaschoten
Blumenkohl	Tomaten
Grünes Blattgemüse	Zitrusfrüchte
Kartoffeln	
Vitamin E (Tocopherol)	
Blattgemüse	Rosenkohl
Brokkoli	Sojabohnen
Eier	Spinat
Hafer	Frische Weizenkeime
Pflanzenöl	Vollkornprodukte

Heute weiß man, daß Freie Radikale neben dem vorzeitigen Alterungsprozeß noch an über 60 verschiedenen Erkrankungen ursächlich beteiligt sein können. Die im Grapefruitkern-Extrakt enthaltenen Substanzen können dazu beitragen, das für den Zellstoffwechsel so wichtige Vitamin C vor einer Oxydation mit den Freien Radikalen zu schützen. Außerdem wird durch die Einnahme von Grapefruitkern-Extrakt eine Brücke zu den Zellen geschlagen, so daß diese das Vitamin C leichter aufnehmen.

Der Biochemiker Richard Passwater zeigte, daß die profitorientierten Erntegewohnheiten (Obst und Gemüse werden in noch unreifem Zustand für den Verkauf aufbereitet) dazu führen, daß sich die wertvollen Bioflavonoide nicht mehr entwickeln können. Eine unzureichende Zufuhr von Bioflavonoiden über die Nahrungskette bewirkt nach seinen Erkenntnissen eine Schädigung des Kapillarsystems. Der Physiologe Arhur Guyton stellte weiterhin fest, daß die Anhäufung von Gewebeflüssigkeit durch das geschädigte Kapillarsystem außerdem für eine reduzierte Sauerstoffaufnahme in den Zellen verantwortlich ist. Dies bedingt Energiemangel und Stoffwechselstörungen. Der Teufelskreis schließt sich: Unterversorgtes Gewebe bietet Bakterien, Viren oder sonstigen Krankheitserregern beste Voraussetzungen für ein reges Wachstum und den Eintritt in den Blutkreislauf. In vielen Untersuchungen ließ sich belegen, daß die Einnahme von Grapefruitkern-Extrakt das geschädigte Kapillarsystem wieder reparieren kann. Verschiedene Erkrankungen wie chronische Müdigkeit, Stauungsekzeme, Arthritis, Allergien oder das Prämenstruelle Syndrom lassen sich so kurieren oder zumindest lindern.

Zahlreiche wissenschaftliche Untersuchungen wiesen bereits einen Zusammenhang zwischen einem verlangsamten Alterungsprozeß und dem Vorhandensein von Antioxydantien nach. Eine Studie aus China, die über einen Zeitraum von fünf Jahren lief, belegte, daß durch die Einnahme von Antioxydantien das Risiko verringert wird, an Krebs zu sterben oder einen Schlaganfall zu erleiden. So scheint sich die Zufuhr von Antioxydantien bei allen altersbedingten Erkrankungen positiv bemerkbar zu machen. Der graue Star, der ebenfalls auf die Wirkung von Freien Radikalen (durch einfallendes UV-Licht ausgelöst) zurückzuführen ist, tritt bei

Menschen mit niedrigem Vitamin C- und Betakarotinspiegel wesentlich häufiger auf als bei Menschen, die sich mit antioxydativ reichhaltigen Lebensmitteln ernähren.

2. Grapefruitkern-Extrakt als Antioxydans im Vergleich zu Vitamin C und Vitamin E

Die antioxydative Wirksamkeit von Grapefruitkern-Extrakt ist erwiesenermaßen 50mal größer als die von Vitamin E und 20mal stärker als die von Vitamin C. Aufgrund dieser Erkenntnisse sind viele Wissenschaftler heute davon überzeugt, daß mit dem Grapefruitkern-Extrakt eines der wirkungsvollsten Antioxydantien vorliegt, die bisher je entdeckt wurden.

Wertvolle Lieferanten von Antioxydantien

- Grapefruitkern-Extrakt
- Melatonin
- Betakarotin (Tomaten, Karotten)
- Vitamin C
- Vitamin E

Einige Wissenschaftler sehen im Grapefruitkern-Extrakt gar einen Jungbrunnen der Menschheit, was darauf zurückzuführen ist, daß durch die Einnahme von Grapefruitkern-Extrakt die Zellteilung verlangsamt und das Kollagen vermehrt im faserigen Teil des Bindegewebes gehalten werden kann. Das Bindegewebe wird so vor Austrocknung und Sprödigkeit geschützt.

VIII. Die Wirksamkeit von Grapefruitkern-Extrakt bei Viren, Bakterien und Pilzen

Viren zählen zu den kleinsten Krankheitserregern und sind erst unter dem Elektronenmikroskop erkennbar. Ihre biologische Struktur besteht nur aus einer Hülle und den Eiweißsträngen DNA, Desoxyribonucleinsäure, oder RNA, Ribonucleinsäure. Viren können nur überleben, wenn sie sich auf dem Nährboden einer fremden Zelle (Wirtszelle) einnisten. Die Viren veranlassen dann die Wirtszelle dazu, weitere Viren zu produzieren. Deshalb können sie sich in wenigen Stunden millionenfach vermehren. Die bekannteste Übertragungsart von Viren ist die Tröpfcheninfektion. Beim Husten, Niesen oder Sprechen kann der Krankheitserreger auf andere Menschen übergehen. Es gibt aber noch weitere Übertragungsmöglichkeiten von Viren:

• Hautkontakt
• Blut
• Nahrung
• Trinkwasser
• Insekten
• Sperma/Vaginalsekret
• Plazenta

Bis heute gibt es kaum Medikamente gegen Viren. Antibiotika richten nichts gegen sie aus, sie werden nur gegen Bakterien eingesetzt. Virostatika (antivirale Medikamente) können nur das Eindringen der Viren in die Zellen und deren Vermehrung verhindern. Bei der Einnahme dieser Medikamente treten zudem starke Nebenwirkungen auf.

Als Bakterien bezeichnet man eine Gruppe einzelliger Kleinstlebewesen. Umgangssprachlich werden sie meist Keime genannt. Bakterien befinden sich überall: in der Luft, im Wasser, im Boden und auch im menschlichen Körper, wo sie für die Funktion des Gesamtorganismus unentbehrlich sind (zum Beispiel in der Darmflora). Kugelförmige Bakterien nennt man Kokken, spiralförmige Spirillen. Ihre krankmachende Wirkung entfalten die Bakterien durch die Ausscheidung von Stoffen, die für den Körper giftig sind. Die meisten Bakterien gelangen über die Schleimhäute von Mund oder Nase in den Organismus. Antibiotika können Bakterien zwar abtöten, doch mittlerweile sind viele Bakterien gegen bestimmte Antibiotika bereits resistent.

Rätselhaft ist in der Medizin jedoch die Tatsache, daß manche Menschen durch den Befall von Bakterien erkranken, andere jedoch nicht. Die Erklärung hierfür könnte in einer ganzheitlichen Betrachtung von Krankheit liegen. Bei einem Krankheitsausbruch lassen sich die Bakterien immer nachweisen. Stellt man jedoch durch labortechnische Untersuchungen fest, daß Bakterien vorhanden sind, heißt das im umgekehrten Fall nicht, daß diese deshalb auch zwangsläufig zu der Erkrankung führen müssen. Abgesehen davon gibt es nicht nur Bakterien, die eine für den Menschen schädliche (pathologische) Wirkung aufweisen. Einige dieser Mikroorganismen sind beispielsweise im Darm angesiedelt, sorgen dort für die Aufrechterhaltung der natürlichen Darmflora und somit für eine reibungslose Verdauung. Antibakterielle Präparate sollten daher lediglich pathologische Bakterienstämme an der Fortpflanzung und Ausbreitung hindern. Der Grapefruitkern-Extrakt besitzt genau diese differenzierende Eigenschaft: Er greift die natürliche Darm- oder Scheidenflora nicht an, sondern nur die krankmachenden Bakterien und Viren. Der Grapefruitkern-Extrakt scheint ein ähnliches Unterscheidungsvermögen zwischen pathologischen und nicht-pathologischen Bakterien zu besitzen wie der menschliche Organismus. Interessanterweise bleiben nach der Einnahme von Grapefruitkern-Extrakt die der Gesundheit dienenden Bakterien des Organismus unbeeinflußt, wohingegen die pathologisch wirkenden Bakterien durch die antibakterielle Wirkung des Extrakts eliminiert werden: der Shigella-Stamm (Auslöser für die Bakterienruhr) oder die verschiedenen Salmonellen-Arten.

Eine durch Pilzbefall verursachte Krankheit wird allgemein als Mykose bezeichnet. Die auf dem Markt befindlichen Antimykotika (pilzabtötende Medikamente) sind vom Wirkungsgrad nicht gerade als effektiv zu bezeichnen. Der chemische Angriff auf die Zellwände der Pilze sorgt zwar dafür, daß deren Zellfunktion gestört wird, bringt aber gleichzeitig chemische Abfallprodukte in den Blutkreislauf, die wiederum Nebenwirkungen an anderer Stelle hervorrufen können. Die bekannteste und gegen chemische Präparate nahezu vollständig resistente Pilzerkrankung ist der Befall mit dem Hefepilz Candida albicans. Gerade bei dieser schlecht therapierbaren Erkrankung hat sich der Einsatz von Grapefruitkern-Extrakt sehr bewährt. Aber auch bei dem weitverbreiteten Mundsoor (Candidiasis) und den verschiedenen Haut- und Fußpilzen erwies sich die Anwendung von Grapefruitkern-Extrakt als äußerst erfolgreich. Im Unterschied zu den pharmakologischen Antimykotika greift der Grapefruitkern-Extrakt nicht den Pilz selbst an, sondern er verändert das Milieu und zerstört so die Lebensgrundlage des Pilzes. Da der Grapefruitkern-Extrakt den Körper auf diese Weise vor der Belastung durch die oben erwähnten chemischen Abfallprodukte bewahrt, hat er sich als ideales Therapeutikum bei Mykosen aller Art erwiesen.

Die Wirkung des Grapefruitkern-Extrakts bewährte sich bei einer Vielzahl von Viren, Bakterien und Pilzen in klinischen Studien. Hier nun eine genaue Auflistung der bereits untersuchten Viren-, Bakterien- und Pilzstämme. Wenn Sie erkrankt sind und der Erreger durch Laboranalysen einwandfrei festgestellt ist, können Sie in nachstehender Tabelle nachlesen, ob der Einsatz des Grapefruitkern-Extrakts indiziert ist:

Viren-, Bakterien- und Pilzstämme, bei denen sich der Einsatz von Grapefruitkern-Extrakt bewährt hat

Nachfolgend die Liste der Erreger, bei denen Grapefruitkern-Extrakt wirksam ist. Die verschiedenen Erreger wurden in Laboranalysen zwischen 1991 und 1993 von folgenden Instituten untersucht:

- Bio/Chem Research Inc., Lakeport, CA, USA
- Valley Microbiology Services, Palo Alto, CA, USA
- Bio-Research Laboratories, Redmond, WA, USA
- British Columbia Research Corp., Vancouver, B.C., Canada

Gram-positiv Bakterien	Corynebacterium acnes
Bacillus subtilis	Corynebacterium
Bacillus megatherium	diphtheriae
Bacillus cereus	Corynebacterium
Bacillus cereus var.	minutissium
mycoides	Diplococcus
Clostridium botulinum	pneumoniae
Clostridium tetani	Giardia lamblia

Lactobacillus arabinosus
Lactobacillus casei
Listeria monocytogenes
Mycobacterium
  tuberculosis
Mycobacterium smegatis
Mycobacterium phelei
Sarcina lutea
Sarcina ureae
Staphylococcus aureas
Staphylococcus albus
Staphylococcus
  agalactiae
Streptococcus
  haemoyticus A
Streptococcus faecalis
Streptococcus pyogenes
Streptococcus viridans

Gram-negativ Bakterien
Aerobacter aerogenes
Alcalingenes faecalis
Brucella intermedia
Brucella abortus
Brucella melitensis
Brucella suis
Cloaca cloacae
Haemophilus influenzae
Klebsiella edwardsii
Klcbsiella aerogenes
Klebsiella pneumoniae
Legionella pneumoniae
Loefflerella mallei

Loefflerella pseudomallei
Moraxella duplex
Moraxella glucidolytica
Neisseria catarrhalis
Pasteurella septica
Pasteurella pseudo-
  tuberculosis
Proteus vulgaris
Proteus mirabilis
Pseudomonas capacia
Pseudomonas fluorescens
Salmonella choleraesuis
Salmonella enteritidis
Salmonella gallinarum
Salmonella typhimurium
Salmonella typhi
Salmonella paratyphi A
Salmonella paratyphi B
Salmonella pullorum
Serratia marcescens
Shigella flexneri
Shigella sonnei
Shigella dysenteriae
Vibrio cholerae
Vibrio eltor

Pilze und Hefen
Aspergillus niger
Aspergillus flavis
Aspergillus fumigatus
Aureobasidium
  pullulans
Candida albicans

Chaetomium globosum
Epidermophyton floccosum
Keratinomyces ajelloi
Monilia albicans
Penicillium roqueforte
Saccharomyces cerevisiae
Trichophyton
  mentagrophytes
Trichophyton rubrum
Trichophyton tonsurans

Weitere Untersuchungen
Bei folgenden Mikroorganis-
men wurde der Wirksam-
keitsnachweis von Grape-
fruitkern-Extrakt in labor-
technischen Untersuchun-
gen von unterschiedlichen
Instituten erbracht:
Aspergillus flavus
Aspergillus oryzae

Aspergillus parasiticus
Aspergillus terreus
Campylobacter jejuni
Chaetonium globosum
Chlamydia trachomatis
Entamoeba histolytica
Fusarium oxysporum
Fusarium oxy. F. sp.
  tuberosi
Fusarium sambucinum
Giardia lambia
Helicobacter pylori
Herpes simplex Virus
  Type 1
Influenza A_2 Virus
Lactobacillus pentoaceticus
Masern-Virus Morbillium
Penicillium funiculosum
Pullularia pullulans
Scerotinia laxa
Trichophyton interdigital

IX. Der Grapefruitkern-Extrakt in der Laboruntersuchung

Da in der herkömmlichen Literatur die verschiedensten chemischen Bezeichnungen und Handelsnamen vorkommen, kann dies für den uneingeweihten Leser zu einiger Verwirrung führen. So gibt es in den USA verschiedene Patente für Grapefruitkern-Extrakt-Produkte, die unter dem Strich gesehen jedoch alle auf der Wirksamkeit des Grapefruitkern-Extrakts beruhen. Der Grapefruitkern-Extrakt, wie er ohne weiteres Zutun aus den Kernen der Grapefruit gewonnen wird, besteht zum größten Teil aus den Bioflavonoiden sowie Glykosiden:

1. Bioflavonoiden: Die gelben Pflanzenpigmente in Pflanzenextrakten, die häufig zusammen mit Ascorbinsäure (Vitamin C) vorkommen. Die Bioflavonoide haben eine den Vitaminen sehr verwandte chemische Struktur, sie werden aber nicht mehr zu den Vitaminen gezählt. Die veraltete Bezeichnung dafür ist Vitamin P, das von Szent-Gyorgyi entdeckt wurde.

2. Glykoside: Bei den Glykosiden handelt es sich um chemische Verbindungen, wie sie auch in dem roten Fingerhut vorkommen. Es sind Stoffe, die in der pharmazeutischen Industrie bei der Herztherapie Verwendung finden. Glykoside wirken auf das ganze rhythmische System ein, sie helfen bei Erregungszuständen und bei Herzrhythmusstörungen.

Diese Kombination von Aminosäuren, Bioflavonoiden und Glykosiden wirkt erwiesenermaßen entzündungshemmend und abwehrkraftsteigernd.

Darüber hinaus finden wir in der Literatur und insbesondere bei den Laboruntersuchungen immer wieder verschiedene chemische Bezeichnungen wie Pygnogenol (engl. Pycnogenol), Dihydroxyphenylchromanterol, Diphenol hydroxybenzene complex, Proanthocyanidin bzw. Oligomeric Proanthocyanidin (OPC), um nur einige zu nennen. Hinter all diesen Bezeichnungen verbergen sich letztlich Bioflavonoide, die mittels verschiedener Verfahren von unterschiedlichen Ausgangsstoffen gewonnen werden. Bei einer so vielversprechenden Substanz, wie sie im Grapefruitkern-Extrakt enthalten ist, gewinnen patentrechtliche Herstellungsverfahren natürlich immer mehr an Bedeutung. Dabei lassen sich diese hochwirksamen Bioflavonoide nicht nur aus dem Extrakt der Grapefruitkerne gewinnen, sondern auch aus der Kiefernrinde, der Zitronenbaumrinde, den Grapefruitschalen, aus Traubenkernen oder aus Preiselbeeren. In den USA hat sich in diesem Marktsegment in den letzten Jahren schon sehr viel getan, und so möchte ich einige Handelspräparate nennen, die dort als Nahrungsmittelergänzung oder als medizinisches Arzneimittel zugelassen sind: Citricidal™, Pycnogenol™, Endoteleon™ und Proanthoenols™.

X. Die Gewinnung des Grapefruitkern-Extrakts

Der Grapefruitbaum stammt aller Wahrscheinlichkeit nach aus der paradiesischen Welt der karibischen Inseln. Erst im 19. Jahrhundert wurde der Baum nach Florida gebracht, wo man die ersten Grapefruitplantagen errichtete. Heute befinden sich in Florida die größten Anbaugebiete für die Grapefruit, aber auch in Brasilien, Mexiko, Südafrika, Spanien, Israel und natürlich in der Karibik wird die Frucht in großem Maße angebaut. Sie dient in erster Linie der Saftgewinnung. Erst in den letzten Jahren hat man sich mit der Nutzung der Grapefruitkerne beschäftigt. Lange Zeit wurden sogar spezielle Züchtungen favorisiert, die kaum noch Kerne besaßen. Hier zeigt sich ein interessanter Gedanke, der die Denaturierung unserer gesamten Lebensmittelgewinnung widerspiegelt. Der Mensch macht sich zum Herrn und Gebieter über die Natur und entfremdet so die Pflanze vom natürlichen Kreislauf. Derart degenerierte Pflanzen verlieren nicht nur ihre Widerstandsfähigkeit gegen Schädlinge und Parasiten, sie werden auch in ihrer Fortpflanzung kastriert. Daß diesen Pflanzen eine ganz wesentliche Lebensfunktion – nämlich die der Fortpflanzung – fehlt, hat sicherlich auch Auswirkungen auf den Nährwert. Glücklicherweise konnte in den Samen der Grapefruit eine therapeutisch gesehen äußerst wirksame Substanz nachgewiesen werden, so daß die Plantagenbesitzer nun auch einen finanziellen Gewinn in den für lange Zeit als wertlos geltenden Grapefruitkernen wittern.

Der Grapefruitkern-Extrakt wird industriell von großen Walz- oder Quetschmaschinen erzeugt. Dabei finden vor allem die Kerne Verwendung, die in großem Maße bei der Fruchtsaftgewinnung anfallen. Rein theoretisch ist es natürlich möglich, den wertvollen Extrakt auch selbst aus den Kernen der Grapefruit zu holen, doch in der Praxis dürfte sich dieses Vorhaben nur selten realisieren lassen. Problem Nummer eins: Woher soll man die Grapefruitkerne nehmen? Selbst wenn alle Bekannten und Freunde dabei mithelfen würden, die Kerne zu sammeln, würde dies nicht gerade sehr ertragreich sein. Getrocknete Grapefruitkerne sind leicht wie eine Feder, was darauf schließen läßt, daß aus einem einzelnen Samen nicht viel Substanz herauszuholen ist. Auch das aufwendige Mahl- oder Quetschverfahren setzt entsprechende Gerätschaften voraus, die nicht in jedem Haushalt vorhanden sein dürften. Wer jedoch einen Bekannten hat, der zufälligerweise eine Saftbar betreibt und der auch noch über eine hochwertige Mühle verfügt, muß nur noch dafür sorgen, daß die Kerne gut getrocknet werden, und schon kann er loslegen. Sie sehen schon, für mich und wahrscheinlich auch für Sie wird die beste Lösung sicherlich darin bestehen, den Grapefruitkern-Extrakt von den entsprechenden Fachgeschäften (siehe Anhang) zu beziehen. Die Preise für die Produkte sind durchaus erschwinglich, vor allem im Vergleich mit dem Arbeitsaufwand bei der eigenen Herstellung.

XI. Der Grapefruitkern-Extrakt im praktischen Einsatz

1. Kosmetik

Die Anwendung von Grapefruitkern-Extrakt findet in der kosmetischen Branche großen Zuspruch. Zum einen verlangen die Kunden immer häufiger nach kosmetischen Präparaten ohne Konservierungsstoffe, zum anderen verleiht der Grapefruitkern-Extrakt dem kosmetischen Erzeugnis auch eine gesundheitsfördernde Wirkung. Besonders bei Waschlotionen und Seifen steigert die Zugabe von Grapefruitkern-Extrakt den erwünschten Effekt erheblich. Wissenschaftliche Studien belegen, daß die keimtötenden Eigenschaften von Grapefruitkern-Extrakt wesentlich höher liegen als die von Alkohol. Aber auch als Konservierungsmittel hat der Grapefruitkern-Extrakt durchaus seine besonderen Fähigkeiten. Bereits sehr niedrige Dosierungen verhindern das Bakterien- oder Pilzwachstum, so daß die Eigenart der kosmetischen Lotionen, Shampoos, Seifen, Cremes etc. erhalten bleibt und eine lange Haltbarkeit der entsprechenden Produkte garantiert ist. Die Kosmetikindustrie könnte mit Grapefruitkern-Extrakt also auf die oft allergieauslösenden Konservierungsstoffe verzichten.

Bei den bereits im Handel erhältlichen Produkten handelt es sich vorwiegend um Kosmetika, die auch bei bestimmten Beschwerden eingesetzt werden können wie etwa Akne, übermäßigem Schwitzen oder Fußpilz. Eine Langzeitanwen-

dung der Produkte würde ich aber in diesem Fall nicht empfehlen, außer es handelt sich um Kosmetika, denen nur ein
sehr geringer Anteil des Grapefruitkern-Extrakts zur Konser-
vierung beigemengt wurde. Wenden Sie diese Kosmetika nur
so lange an, bis sich Ihre Beschwerden gebessert haben. Denn
der Organismus soll nicht verlernen, sich aus eigener Kraft
gegen krankheitserregende Mikroorganismen zur Wehr zu
setzen.

Kosmetika mit Grapefruitkern-Extrakt können Sie leicht
selbst herstellen, indem Sie fertigen (oder selbst produzier-
ten) Naturkosmetika Grapefruitkern-Extrakt beimengen.
Hier Beispiele für die verschiedenen Anwendungsmöglich-
keiten:

Hautpflege

Bei unreiner und zu Entzündungen neigender Haut und Akne
geben Sie zu 50 Milliliter Gesichtscreme drei bis fünf Tropfen Grapefruitkern-Extrakt. Einer Menge von 100 Milliliter
Gesichtswasser können Sie bis zu zehn Tropfen Grapefruitkern-Extrakt beimengen.

Haarpflege

Bei schuppiger Kopfhaut fügen Sie der gewohnten Menge
Haarshampoo für eine Haarwäsche circa zwei bis drei Tropfen Grapefruitkern-Extrakt hinzu. Gut in die Kopfhaut einmassieren und etwa drei Minuten einwirken lassen, danach
gründlich ausspülen.

Bäder

Bei Neigung zu unreiner Haut geben Sie Ihrem Badezusatz
(möglichst keinem Schaumbad, sondern einem Ölbad, be-
stehend aus naturreinem Basisöl und ätherischen Ölen) auf

100 Milliliter circa sieben Tropfen Grapefruitkern-Extrakt bei. Außerdem können Sie Grapefruitkern-Extrakt auch zu Duschgels, Fußcremes, Deodorants und vielem mehr hinzufügen.

2. Medizin

Neben den therapeutischen Einsatzmöglichkeiten findet der Grapefruitkern-Extrakt auch in anderen medizinischen Bereichen breite Anwendung. So ist er in puncto Desinfektion von Räumen, sanitären Einrichtungen und auch für die Haut wesentlich wirksamer als beispielsweise Alkohol. Gerade in der Krankenpflege kann der Grapefruitkern-Extrakt wertvolle Dienste leisten. Bereits gesundheitlich angeschlagene Patienten, die sich in der Rekonvaleszenz befinden, sollten in einer möglichst keimfreien Umgebung gepflegt werden. Was für das Krankenhaus gilt, muß am häuslichen Pflegeplatz ebenso eingehalten werden. Hier kann der Grapefruitkern-Extrakt bei der Desinfektion von Bad, Toilette, Dusche und von Gebrauchsgegenständen sehr hilfreich sein. Wenn Sie die desinfizierende Wirkung des Grapefruitkern-Extrakts nutzen wollen, geben Sie einfach 30 Tropfen davon auf einen Liter Wasser. Einen Teil dieser Lösung füllen Sie in einen Zerstäuber, um damit die Raumluft zu verbessern und sie von schädlichen Mikroorganismen zu befreien. Mit dem anderen Teil waschen Sie die Gegenstände entweder ab, oder Sie legen die zu desinfizierenden Dinge für einige Minuten direkt in dieses Desinfektionsbad.

Auch Krankenpfleger und Betreuungspersonal können, um ein keimfreieres Umfeld zu schaffen, ihre Hände mit Grapefruitkern-Extrakt reinigen.

3. Prävention

Die Gefahr, sich mit Keimen aller Art zu infizieren, ist in unserer Gesellschaft sehr groß. Was läge also näher, als unser Immunsystem durch die tägliche Einnahme von Grapefruitkern-Extrakt zu unterstützen? Rein theoretisch spricht nichts dagegen. Wie viele umfangreiche Studien belegen, ruft die längere Einnahme von Grapefruitkern-Extrakt keine gesundheitlichen Schäden hervor. Auch die Gefahr einer sich allmählich einstellenden Resistenz gegenüber dem Extrakt scheint bei all dem, was man bislang über ihn weiß, nicht gegeben zu sein. Dennoch möchte ich nicht grundsätzlich zu einer prophylaktischen Einnahme des Extrakts raten. Zum einen ist das Mittel noch zu unerforscht, als daß man die möglichen Folgen – wie etwa eine spätere Immunität bei den nachfolgenden Generationen – ausschließen könnte. Zum anderen sollten wir Menschen eher darum bemüht sein, unsere Lebensgewohnheiten dahingehend zu ändern, daß wir einer kontinuierlichen Fremdhilfe nicht bedürfen. Allerdings kann gerade bei älteren oder sehr infektanfälligen Menschen die Lebensqualität durch die regelmäßige Einnahme von Grapefruitkern-Extrakt wesentlich gesteigert werden. Auch AIDS-Kranken kann der Grapefruitkern-Extrakt eine wertvolle Unterstützung bieten, denn hier forciert jede weitere Infektion den Krankheitsverlauf.

Von dem Entdecker des Grapefruitkern-Extrakts, Dr. Harich, weiß man, daß er jeden Morgen einige Tropfen des Mittels zu sich nimmt. Und wenn man bedenkt, was dieser über 70 Jahre alte Mann heute noch alles auf die Beine stellt, möchte man fast dazu neigen, es ihm gleichzutun. So scheinen meiner Erfahrung nach besonders ältere Menschen von der täglichen Einnahme des Grapefruitkern-Extrakts zu profitieren. Hier ist diese Maßnahme wohl absolut berechtigt. Jüngere Menschen, insbesondere Kinder und Jugendliche, müßten jedoch noch in der Lage sein, ihr Immunsystem aus eigener Kraft in Gang zu halten. Sie sollten nicht nur die präventive Einnahme des Grapefruitkern-Extrakts, sondern generell alle Medikamente (außer homöopathische) soweit als möglich meiden.

4. Tiermedizin und Landwirtschaft

Welcher Haustierbesitzer kennt sie nicht, die Situation, daß es seinem Liebling schlechtgeht, er nicht mehr frißt und nicht mehr spielen will. Meist stehen wir Menschen hilflos dabei und wissen nicht, wie wir dem Tier helfen können. In vielen Fällen geht die Unpäßlichkeit nach einigen Tagen von alleine wieder vorüber. Doch manchmal läßt sich auch keine Ursache für das unlustige Verhalten des Tieres finden, und eine Besserung ist nicht in Sicht. Gerade bei Haustieren wie Hunden und Katzen stellen sich sehr schnell Infektionen im Magen-Darm-Trakt ein. Verdorbene Nahrung kann ein Grund dafür sein. Aber auch Würmer und anderes Ungeziefer findet in den Haustieren einen empfänglichen Wirtsherrn. Dies muß aber nicht sein. Die antibakterielle und antivirale Wirkung des Grapefruitkern-Extrakts zeigt sich nämlich auch gut bei Haustieren und läßt gerade dort die Gerüchte um Placeboeffekte verstummen. So ist auch das Einsatzspektrum des Grapefruitkern-Extrakts in der Tiermedizin und -pflege von nicht zu unterschätzender Bedeutung. Hunde, die unter Flöhen oder Zecken leiden, können durch die tägliche Bestäubung mit Grapefruitkern-Extrakt rasch von diesen Parasiten befreit werden. 30 Tropfen Grapefruitkern-Extrakt mit einem halben Liter Wasser mischen, das Ganze in einen Wasserzerstäuber geben und aus etwa einem Meter Entfernung das Fell des Tieres besprühen: Flöhe und Zecken werden in diesem keimfreien Umfeld schnell das Weite suchen.

Würmer oder andere Parasiten im Darm vertreibt die Zugabe des Grapefruitkern-Extrakts in das Trinkwasser. Wie beim Menschen stärkt der Grapefruitkern-Extrakt darüber hinaus das Immunsystem der Tiere und bekämpft Bakterien und Viren. Einen Versuch ist es jedenfalls wert, Ihr gesundheitlich angeschlagenes Tier zunächst mit der nebenwirkungsfreien Lösung des Grapefruitkern-Extrakts zu behandeln, ehe man starke Medikamente verabreicht. Will das Haustier das Wasser mit dem Grapefruitkern-Extrakt wegen seines etwas bitteren Geschmacks nicht trinken, geben Sie die Lösung in eine Einmalspritze und spritzen das Heilmittel so direkt in das Maul.

Wer einen Bauernhof hat und mit der Landwirtschaft sein Geld verdient, ist existenziell auf die Gesundheit der Tiere angewiesen. Viele landwirtschaftliche Erzeuger ziehen es daher vor, den Tieren prophylaktisch antibiotische Substanzen in das Futter zu mischen oder es ihnen direkt zu spritzen. Vom Standpunkt der Bauern ist dieses Vorgehen insoweit gerechtfertigt, als ihre Gewinne von der Gesundheit der Tiere abhängen. Aus der Sicht der Verbraucher jedoch kann diese Vorgehensweise gar nicht vehement genug verurteilt werden. Auf diese Weise gelangen nämlich antibiotische Substanzen, die im Ernstfall menschliches Leben retten könnten, in die Nahrungskette und tragen somit dazu bei, daß heutzutage ein Großteil der Bakterien bereits gegen fast alle Antibiotikastämme resistent reagiert. Verantwortlich für die häufig auftretenden Krankheiten bei Zucht- und Masttieren sind meist die schrecklichen Bedingungen, unter denen sie gehalten werden. Unnatürliches Futter, künstliches Licht und fehlende Bewegungsmöglichkeit hauen schließlich den stärksten Bullen um. Die klimatischen Bedingungen in den Ställen und die Fäkalien bilden einen idealen Nährboden für Parasiten und Keime. So wäre hier ein grundsätzliches und vor allem rasches Umdenken der Landwirte vonnöten. Statt antibiotische Substanzen an Rinder, Schafe, Schweine, Hühner und andere Zuchttiere zu verfüttern, könnte man durch die Beimischung von Grapefruitkern-Extrakt den gleichen Effekt erreichen, ohne die Gesundheit der Tiere und später die der Verbraucher zu gefährden. Die Verabreichung von Antibiotika schädigt zudem nachhaltig die Darmflora und als Folge davon das Immunsystem. Gesundheitliche Störungen betreffen in erster Linie die Zuchttiere, sie können aber durch den Fleischverzehr auch beim Menschen auftreten. Da der Grapefruitkern-Extrakt die Funktion von vielen in der Landwirtschaft verabreichten Wurmmittel ersetzen kann, wird auf diese Weise auch noch etwas für das Umweltbewußtsein getan. So vermeidet man das Eindringen unnötiger Chemikalien (Antibiotika) in den Ökokreislauf.

Aber auch bei anderen Erkrankungen ist der Grapefruitkern-Extrakt von unschätzbarem Nutzen. So lassen sich beispielsweise die meisten Huferkrankungen bei Pferden, die durch Pilze oder Keime hervorgerufen werden, erfolgreich mit Grapefruitkern-Extrakt behandeln.

5. Krankenhaus

Ähnlich wie bei der privaten Krankenpflege zu Hause kann der Grapefruitkern-Extrakt auch in Krankenhäusern zum Einsatz kommen. Wo bislang Alkohol zur Desinfektion von

Injektionsstellen der Haut, medizinischen Geräten sowie sanitären Einrichtungen verwendet wird, bietet sich der Einsatz von Grapefruitkern-Extrakt geradezu an. Seine antibakterielle, antivirale und fungizide Wirkung steht dem Alkohol in nichts nach. Im Gegenteil: Laut Laboruntersuchungen ist die Wirkung von Grapefruitkern-Extrakt wesentlich effektiver als die von Alkohol.

6. Haushalt

Früher sagte man, wenn kleine Kinder Sand, Erdreich oder gar Fäkalien in den Mund nahmen: »Dreck ist gesund.« Heutzutage kann man diesen Spruch nicht mehr so ohne weiteres gelten lassen. Zuviel hat sich gerade an der Qualität der Luft und der Nahrungsmittel geändert. Das Ergebnis kennen wir alle: Immunschwäche und die daraus folgende starke Anfälligkeit für die geringsten Eindringlinge. So ist es kein Wunder, daß das Bedürfnis, in einer keimfreien Umgebung zu wohnen, seinen Kindern und seiner Familie ein geborgenes und gesundes Heim zu bieten, nicht nur für Waschmittelkonzerne und Reinigungsfirmen ein großes Thema darstellt. Eine möglichst keimfreie Umwelt sollte in Anbetracht der ständig abnehmenden Immunkraft des menschlichen Körpers geradezu Programm sein. Aufgrund der denaturierten Nahrung und unserer unnatürlichen Lebensgewohnheiten sind wir Menschen sehr anfällig gegen Bakterien, Viren, Pilze und mikroskopisch kleine Keime geworden. Denken wir nur an die Nahrungszubereitung. Rohes Fleisch wird auf einem Holzbrett geschnitten, gewürzt und kommt dann in das Rohr oder die Pfanne. Doch wer denkt schon bei der Zubereitung eines deftigen Bratens an die möglichen Infektionsquellen, die gerade rohes Fleisch in sich birgt? In Verbindung mit dem schwer keimfrei zu haltenden Holzbrett, auf dem die Zubereitung des Bratens ihren Anfang nimmt, tun sich hier etliche nicht zu unterschätzende Gefahrenherde auf. Viele Bakterien und Keime werden weder beim Kochen noch in kochendem Wasser oder beim Spülen tatsächlich vernichtet. Denken Sie daher gerade bei der Fleischzubereitung an eine gründliche und keimfreie Reinigung der Kochutensilien. Chemische Mittel sind in diesem Fall zwar auch wirksam, aber da sich deren Rückstände nicht restlos beseitigen lassen, gelangen sie in den Nahrungskreislauf und sind somit nicht nur als äußerst umweltbelastend, sondern auch als unmittelbar gefährlich einzustufen. Wesentlich besser eignet sich hier der Grapefruitkern-Extrakt. Geben Sie zur Reinigung solcher Keimherde am besten 20 Tropfen des Extrakts ins Spülwasser, und lassen Sie die Kochgeräte (Brett, Messer etc.) etwa fünf Minuten in dieser Lösung liegen. Auf diese Weise werden nahezu alle bekannten Keime abgetötet, und es bleiben keine für den Menschen schädlichen Rückstände erhalten.

Aber nicht nur das Fleisch oder das Holz, auf dem es zubereitet wird, bietet den ungebetenen Gästen einen idealen Nistplatz. Auch Obst, Gemüse und Salate stehen bei der Übertragung von Keimen in der Nahrungskette an führender Stelle. Generell kann man sagen, daß jegliche Rohkost, so gesund sie auch sein mag, eine potentielle Quelle für Krankheitserreger darstellt. Daher auch hier der Tip: Salate, Gemüse oder Obst in einer mit Grapefruitkern-Extrakt versehenen Lösung abwaschen oder einfach einige Minuten darin liegen lassen.

Selbstverständlich können Sie den Grapefruitkern-Extrakt auch direkt in die Geschirrspülmaschine geben. 20 Tropfen des Extrakts zusätzlich zum Spülmittel sorgen hier für keimfreie Teller, Gabeln, Messer, Tassen und Gläser.

Der Haushalt bietet aber nicht nur bei der Nahrungszubereitung einen idealen Nistplatz für Keime aller Art. Insbesondere Wäsche, Teppiche, Bäder und auch Fußböden laden zur hemmungslosen Vermehrung der kleinen Krankheitserreger geradezu ein. So gründlich kann eine herkömmliche Reinigung gar nicht sein, daß nicht über die Straßenschuhe oder die Kleidung wiederum Parasiten in die Wohnung gelangen. Ein nahezu sicherer Weg, den Haushalt wirklich sauber zu halten, besteht darin, ihn durch die Wirkung von Grapefruitkern-Extrakt nahezu keimfrei zu machen. Mit 20 bis 30 Tropfen des Extrakts im normalen Wischwasser erzielen Sie an den gereinigten Stellen die fast hundertprozentige Abtötung aller Keime.

Bei Menschen, deren Immunkräfte geschwächt sind, oder in Häusern, in denen kleine Kinder leben, empfiehlt sich die Zugabe des Grapefruitkern-Extrakts auch beim Wäschewaschen. Hier können Sie ebenfalls mit 20 bis 30 Tropfen des Extrakts sichergehen, daß Sie zumindest den Großteil der Erreger nicht mehr in der Wäsche haben.

Ein weiteres sinnvolles Einsatzgebiet ist die Reinigung von Bettwäsche. Sie bietet Keimen (und darunter besonders den Hausstaubmilben) unter normalen Umständen die optimalen Voraussetzungen zur Vermehrung. Ein weiterer Vorteil von Grapefruitkern-Extrakt gegenüber herkömmlichen Desinfektionsmitteln besteht darin, daß sich ihm gegenüber bislang noch keine Resistenzen von bestimmten Viren, Bakterien oder Pilzen feststellen ließen.

Auch Badewannen, Bäder und Naßzellen beherbergen mit Vorliebe Bakterien, Viren oder Pilze. Um sich vor einer Ausbreitung dieser Infektionsquellen zu schützen, können Sie neben den oben beschriebenen Maßnahmen zur normalen Reinigung eigens eine Sprühflasche mit Grapefruitkern-Extrakt vorbereiten. Wenn Sie diese mit 20 Tropfen Extrakt versehene Lösung dann in die schwer zugänglichen Ecken Ihres Bades sprühen, kann das Mittel in aller Ruhe sein Werk vollbringen.

Der Sinn dieser Ausführungen liegt nicht darin, Panik zu verbreiten und einen Wasch- oder Reinigungszwang auszulösen. Viel lieber wäre es mir, wenn ich all diese Themen gar nicht ansprechen müßte, weil die Mehrzahl der Menschen vernünftig genug wäre, sich wieder auf ein natürliches Leben zu besinnen. Der oben erwähnte Spruch »Dreck ist gesund« würde auch heute noch zutreffen, wenn man sich auf seine natürlichen Abwehrkräfte verlassen könnte. Da dies leider immer weniger der Fall ist und die Qualität der Nahrung in absehbarer Zeit auch nicht besser zu werden scheint, wird auf die prophylaktische Hilfe des Grapefruitkern-Extrakts insbesondere im Haushalt verwiesen.

Sommer, Sonne und einen schönen Swimmingpool, was will man mehr. Eigentlich nichts, wenn man sich keine Sorgen über die Wasserqualität machen müßte. Gerade geschlossene Hallenbäder – ob privat oder öffentlich – stellen ideale Wachstumsvoraussetzungen für Keime aller Art dar. Da das Wasser sehr selten gewechselt wird, setzt man bis heute noch auf die ständige Zusetzung von Chlor, um es einigermaßen keimfrei zu halten. Wir alle wissen jedoch, daß Chlor Haut und Schleimhäute reizt und, versehentlich geschluckt, auch zu Darmirritationen und Verdauungsbeschwerden führen kann. Außerdem belastet die Zugabe von Chlor das ökologische Gleichgewicht. Ich plädiere gerade da, wo es sinn- und wirkungsvolle Alternativen zu chemischen Mitteln gibt, für eine natürliche Lösung von Problemen. Was läge also näher, als auf die Zugabe von Chlor zu verzichten und statt dessen Grapefruitkern-Extrakt zu verwenden? Um ein keimfreies Schwimmbad zu erhalten, benötigen Sie etwa 100 Milliliter auf einen Hektoliter Wasser. Die Wirkung ist wesentlich höher einzuschätzen als die von Chlor, und Nebenwirkungen sind nicht zu befürchten. Auch die Qualität des Wassers leidet nicht darunter, und es kann bedenkenlos wieder abgelassen und dem natürlichen Kreislauf zugeführt werden.

Aber auch die Sauna und der Whirlpool sind bevorzugte Brutplätze von Keimen. Für die Sauna empfiehlt sich die Zugabe von 50 Tropfen Grapefruitkern-Extrakt ins Aufgußwasser, und das Mittel kann seine Wirkung voll entfalten. Bei dieser hohen Dosierung zur Desinfektion verlassen Sie die Sauna besser während des Aufgusses. Für den Whirlpool gilt dasselbe wie beim Swimmingpool.

XII. Fragen und Antworten zum Grapefruitkern-Extrakt

Was sind Bioflavonoide?

Bioflavonoide sind die gelben Pigmente, die in den unterschiedlichsten Pflanzen vorkommen. Sie haben eine den Vitaminen verwandte chemische Struktur. Besonders gehäuft treten diese Bioflavonoide im Grapefruitkern-Extrakt auf. Neben ihrer starken antioxydativen Wirkung hemmen die Bioflavonoide die Enzymaktivitäten, die unter anderem für entzündliche Prozesse verantwortlich sind. Umfangreiche wissenschaftliche Studien belegen außerdem, daß durch die Einnahme von Bioflavonoiden der Alterungsprozeß der Zellen sowie das Auftreten von Freien Radikalen im lebenden Organismus drastisch verringert werden können.

Sind alle Bioflavonoide gleich?

Bis heute wurden über 20 000 verschiedene Bioflavonoide klassifiziert. Einige sind aktiver als andere, und sie unterscheiden sich in ihrer therapeutischen Effektivität. Die stärkste Wirksamkeit konnte beim Grapefruitkern-Extrakt nachgewiesen werden.

Wie schnell wirkt der Grapefruitkern-Extrakt?

Innerhalb von 20 Minuten entfaltet der Grapefruitkern-Extrakt seine Kraft. Die Wasserlöslichkeit und der saure pH-Wert von circa 2,5 bis 4 sorgen für eine rasche Aufnahme über die Magenschleimhäute.

Kann Grapefruitkern-Extrakt
gefährlich für die Gesundheit sein?

Grapefruitkern-Extrakt wurde in renommierten Instituten umfangreichen Tests unterzogen, und selbst bei hohen Konzentrationen konnten keine gesundheitlichen Schädigungen nachgewiesen werden. Doch wie überall gilt auch hier: Die Dosis macht das Gift. Allerdings müßte ein 80 Kilogramm schwerer Mensch drei Liter des (in unverdünntem Zustand nicht zu genießenden) Extrakts zu sich nehmen, um schwere Vergiftungserscheinungen zu erleiden. Die einzige Regel: Grapefruitkern-Extrakt niemals unverdünnt mit den Schleimhäuten in Berührung bringen, sonst besteht die Gefahr von Verätzung. Sollte dies aus Versehen trotzdem einmal geschehen, müssen Sie die betroffene Stelle sofort mit reichlich Wasser ausspülen und unverzüglich einen Arzt aufsuchen. Grapefruitkern-Extrakt gehört auch nicht – was für alle anderen Medikamente gleichermaßen gilt – in Kinderhände. Bitte achten Sie deshalb auf die sichere Aufbewahrung des wertvollen Pflanzenmittels.

Wie lange bleibt der Grapefruitkern-Extrakt
im menschlichen Körper?

Die Bioflavonoide erreichen schnell die Körperflüssigkeiten und lagern sich dort im Kollagen für ungefähr 72 Stunden ab. Anschließend werden sie nach und nach über den Urin und über die Haut ausgeschieden.

Welche Dosis sollte genommen werden?

Die Menge der Einnahme richtet sich grundsätzlich nach dem Körpergewicht. Dabei reichen die Angaben von 1,5 bis 3 Milligramm pro Kilogramm Körpergewicht. Das bedeutet, daß für eine 80 Kilogramm schwere Person eine Dosis von

120 bis 240 Milligramm Grapefruitkern-Extrakt ausreicht. Diese Dosis wird benötigt, um zunächst eine gewisse Grundsättigung zu erzielen. Eine Reduzierung auf die Hälfte der Dosis kann nach circa sieben bis zehn Tagen erfolgen, dann muß man nur noch das Quantum ersetzen, das täglich tatsächlich ausgeschieden wird. Wie eingangs schon erwähnt, würde ich von einer Einnahme über einen längeren Zeitraum hinweg jedoch abraten. Sollte sich der gewünschte Effekt – wie zum Beispiel die Linderung von Beschwerden – nicht nach kurzer Zeit (circa einer bis vier Wochen) einstellen, macht auch eine längere Einnahme keinen Sinn mehr. In diesem Fall empfiehlt es sich, den Rat eines ausgebildeten Therapeuten einzuholen, um an einer ganzheitlichen Heilung zu arbeiten.

Warum braucht der Mensch zusätzliche Nahrungsmittelergänzung?

Die modernen Techniken der Nahrungsmittelerzeugung reduzieren und eliminieren die wichtigen Inhaltsstoffe wie zum Beispiel das Proanthocyanidin in der Nahrung. Die Zubereitungs- und Aufbewahrungsmethoden tragen noch das ihre dazu bei.

Einfrieren, Konservieren und Kochen zerstören nicht nur die lebenswichtigen Vitamine, sondern auch die artverwandten Bioflavonoide.

Weil die Früchte heute lange, bevor sie reif sind, geerntet werden und weil durch chemische Zusätze die natürlichen Nahrungsmittel immer mehr ihre ursprüngliche Qualität verlieren, ist es um so wichtiger, diesen Mangelzustand auszugleichen: beispielsweise durch die Einnahme von Grapefruitkern-Extrakt.

Was kann passieren, wenn wir zu wenig Vitamine und Bioflavonoide über die Nahrung aufnehmen?

In erster Linie verstärkt der Mangel an Vitaminen und Bioflavonoiden die Bildung der Freien Radikale im Körper. Diese greifen die Zellmembranen an und öffnen so Krankeitserregern Tür und Tor. Außerdem beschleunigen sie den Alterungsprozeß. Grapefruitkern-Extrakt gilt bislang als einer der wirksamsten Killer von Freien Radikalen.

Welche Wirkung hat der Grapefruitkern-Extrakt auf die verschiedenen Körperbereiche?

Der Grapefruitkern-Extrakt enthält die effektivsten natürlichen Substanzen, die bislang gegen eine übermäßige Vermehrung von Freien Radikalen entdeckt wurden. So verhindert er den oxydativen Zerstörungsprozeß des Bindegewebes. Bei in-vitro-Studien (also in einem Reagenzglas außerhalb des Körpers durchgeführt) konnte aufgezeigt werden, daß die im Grapefruitkern-Extrakt enthaltenen Bioflavonoide als Antioxydans bis zu 50mal effektiver sind als Vitamin E. Im Unterschied zu nahezu allen anderen bekannten Antioxydantien ist der Grapefruitkern-Extrakt in der Lage, die Blutliquorschranke (Grenze zwischen Blut und Gehirnmasse) zu durchwandern und so das Gehirn und die Nervenzellen vor Oxydation (sprich Freien Radikalen) zu schützen.

Grapefruitkern-Extrakt hemmt die Enzyme, die für Entzündungen verantwortlich sind, und reduziert die Histaminproduktion, wodurch er dazu beiträgt, die Arterien vor degenerativen Veränderungen zu schützen. Dabei beugt er kardiovaskulären Erkrankungen vor. So können auch die winzig kleinen Kapillargefäße besser mit Blut- und Sauerstoff versorgt werden. Die Verbesserung des Blutkreislaufs ist besonders für Raucher, Diabetiker und für Schlaganfall-Patienten von unschätzbarem Wert, ebenso für Frauen, die mit der Pille verhüten, und für Personen, die unter Beinödemen leiden.

Außerdem besitzt der Grapefruitkern-Extrakt die einzigartige Fähigkeit, Kollagen in das Bindegewebe einzubinden und so Verletzungen oder Zerstörungen des Gewebes aufgrund des Alterungsprozesses oder durch Freie Radikale wieder zu regenerieren. Ebenso hemmt der Grapefruitkern-Extrakt die Bildung bestimmter Körperenzyme, die an dem Abbau von Kollagen im Bindegewebe beteiligt sind. Dazu sollte man wissen, daß alle Zellen des menschlichen Körpers durch Kollagen verbunden sind und so die Einnahme von Grapefruitkern-Extrakt die Flexibilität und Geschmeidigkeit der Haut, des Bindegewebes sowie der Arterien und der Kapillargefäße erhält.

Wie lange kann ich Grapefruitkern-Extrakt aufbewahren?
Der Extrakt des Citrus Paradisi ist bis zu drei Jahren haltbar. Bewahren Sie ihn kindersicher an einem dunklen Ort auf.

Kann Grapefruitkern-Extrakt auch für kosmetische Zwecke eingesetzt werden?
In vielen Ländern nehmen insbesondere Frauen Grapefruitkern-Extrakt, um der vorzeitigen Fältchenbildung entgegenzuwirken und um die Elastizität der Haut zu erhalten. Einige biologisch orientierte Hersteller gehen auch immer mehr dazu über, den Grapefruitkern-Extrakt als Konservierungsmittel in ihren Produkten zu verwenden.

Ist der Grapefruitkern-Extrakt bei Haarausfall von Nutzen?
In der Tat konnte durch die Einnahme von Grapefruitkern-Extrakt bei einigen Patienten der Haarausfall gestoppt werden, und sie bekamen kräftigeres und gesünderes Haar. Die

Erklärung dafür liegt auf der Hand: Grapefruitkern-Extrakt gewährleistet eine bessere Ernährung der Haarfollikel durch ein intaktes Kapillarsystem und die zusätzliche Anhaftung der Bioflavonoide an das Kollagen, aus dem das Haar gebildet wird.

Kann Grapefruitkern-Extrakt bei Windeldermatitis helfen?

Gerade die Babyhaut reagiert sehr empfindlich bei Hefe-, Viren- oder Bakterienbefall. Der Einsatz von kortisonhaltigen oder entzündungshemmenden Salben sollte bei Babys möglichst vermieden werden. Daher kann zur äußeren Behandlung der entzündeten Hautstellen eine Lösung aus fünf Tropfen Grapefruitkern-Extrakt auf 250 Milliliter Wasser eine sehr hilfreiche Alternative sein.

Kann ich Grapefruitkern-Extrakt zur Trinkwasseraufbereitung verwenden?

Wer in südländischen Regionen Urlaub machen will oder in Gegenden wohnt, in denen das Trinkwasser nicht so rein ist, wie wir das gewohnt sind, sollte den Grapefruitkern-Extrakt als hilfreichen Reisebegleiter stets zur Hand haben. Geben Sie prophylaktisch fünf Tropfen des Extrakts in das Zahnputzwasser.

XIII. Erfahrungsberichte von Patienten

Theorie und Praxis sind immer zwei verschiedene Geschichten. Ich wollte es bei den Recherchen zu diesem Buch also nicht nur auf meinen eigenen Erfahrungen und dem theoretischen Wissen, das ich über die Jahre zum Grapefruitkern-Extrakt zusammengetragen habe, beruhen lassen. Vielmehr interessierte mich auch, wie sich der Grapefruitkern-Extrakt bei meinen Mitmenschen auswirkt. So gab ich vielen Freunden und Bekannten ein Fläschchen Grapefruitkern-Extrakt und bat sie, es für ihre persönlichen Zwecke zu verwenden oder an Personen weiterzugeben, von denen sie glaubten, daß sie es für ihre individuellen Beschwerden gebrauchen könnten. Nachfolgend sollen einige dieser Anwender nun zu Wort kommen und von ihren persönlichen Erfahrungen berichten.

Rolf A., München

Seit einigen Jahren habe ich hartnäckigen Fußpilz. Ich traue mich im Sommer kaum in öffentliche Bäder, da mir der Fußpilz peinlich ist und ich zudem Angst habe, andere Menschen anzustecken oder mir weitere Infektionen zuzuziehen. Alle Behandlungen der Ärzte scheiterten kläglich. Wie es der Zufall wollte, kam meine Frau eines Tages mit einem Fläschchen Grapefruitkern-Extrakt nach Hause, das ihr ein Apotheker empfohlen hatte. Nach so vielen Fehlschlägen, den Fußpilz zu therapieren, war meine Motivation nahezu auf dem Nullpunkt angelangt. Ich war relativ unwillig, mich auf ein weiteres Wundermittel einzulassen, das bestimmt auch wieder nicht helfen würde. Meine Frau gab 20 Tropfen des Extrakts unverdünnt in einen Zerstäuber, mit dem wir dann regelmäßig die befallenen Stellen besprühten. Zu meinem Erstaunen stellte ich bereits nach einigen Tagen fest, daß sich der Fußpilz tatsächlich zurückzubilden begann. Nun war auch ich davon überzeugt, daß mir der Grapefruitkern-Extrakt helfen konnte. Ich forcierte die Behandlung, und der Fußpilz verschwand.

Karin H., Burgrain
Seit Jahren leide ich unter Bläschen im Mund und am Zahnfleischrand. Alles, was ich bisher probierte, blieb ohne Erfolg. Manchmal waren die Schmerzen so groß, daß ich kaum den Mund öffnen konnte. Beim Essen mußte ich immer darauf achten, daß keine Speisekrümel an die entzündeten Stellen gerieten. Als ich von dem Grapefruitkern-Extrakt hörte, wollte ich die Wirkung sofort testen. Da ich schon so viele Präparate ausprobiert hatte und diese auch bei sehr hoher Dosierung nicht wirkten, wollte ich beim Grapefruitkern-Extrakt gleich von Anfang an wissen, woran ich war. Ich entschloß mich, auf Nummer Sicher zu gehen und gab daher 20 Tropfen des Extrakts in das Gurgelwasser. Beim ersten Kontakt mit der Flüssigkeit schockierte mich zunächst der bittere Geschmack. Ich spülte dennoch einige Minuten mit der Lösung. In den ersten Sekunden spürte ich eine Verstärkung der Schmerzen, die aber ebenso schnell wieder nachließ. Beim zweiten Gurgeln war diese Empfindung bereits nicht mehr zu spüren. Die Entzündung klang innerhalb einer Woche vollständig ab, und die Schmerzen waren vom Zeitpunkt des ersten Spülens an nahezu verschwunden. Seit dieser Zeit verwende ich täglich den Grapefruitkern-Extrakt zur

Mundhygiene als prophylaktische Maßnahme. Außerdem empfinde ich meinen Atem seit der Anwendung von Grapefruitkern-Extrakt als wesentlich frischer.

Marcel B., Passau
Ich bemerkte eines Tages Filzläuse im Genitalbereich. Ich war schockiert und suchte sofort einen Hautarzt auf. Er verordnete mir eine Salbe, die ich zweimal täglich an den betroffenen Stellen anwenden sollte. Nachdem ich die Salbe aufgetragen hatte, reagierte meine Haut mit heftigem Ausschlag, so daß ich mich entschloß, diese Art der Behandlung sofort abzubrechen. Ich erkundigte mich bei einigen Freunden, ob sie bereits ähnliche Erfahrungen gemacht hätten und vor allem, wie sie dem Problem beigekommen wären. Schließlich hörte ich von dem Grapefruitkern-Extrakt. Ich bereitete eine Lösung von acht Tropfen Extrakt auf ein Glas Wasser zu und wusch meinen Genitalbereich mehrmals täglich damit. Zuerst ging die Entzündung, die von der Salbe verursacht worden war, zurück, und drei Tage später waren auch das Jucken und die Filzläuse beseitigt.

Petra B., München
Mein zehnjähriger Sohn leidet des öfteren unter Halsschmerzen als Folge von Mandelentzündungen. Eine Operation wollte ich nach Möglichkeit vermeiden, da mir bekannt ist, daß die Mandeln ein wichtiges Organ für eine intakte Immunabwehr darstellen. Die üblichen Gurgelwässerchen brachten aber immer nur kurzzeitige Linderung. Auch die möglichen Nebenwirkungen waren mir nicht ganz geheuer. Als ich eines Tages bei einer Freundin von dem Wundermittel Grapefruitkern-Extrakt hörte, war mein Interesse sofort geweckt. Ich gab meinem Sohn täglich zehn Tropfen des

Grapefruitkern-Extrakts in das Zahnputzwasser und achtete darauf, daß er gründlich gurgelte. Obwohl mein Sohn nicht ständig unter den Schmerzen litt, war doch kontinuierlich eine leichte bis mittelstarke Rötung des Halsraumes zu bemerken. Nach einer Woche war die Entzündung für mich nicht mehr zu erkennen, und mein Sohn hatte seit dieser Zeit nie wieder Beschwerden. Ich bin begeistert und kann das Mittel nur weiterempfehlen.

Josef N., St. Wolfgang
Seit mindestens 20 Jahren leide ich unter einem Bakterienbefall an den Haaren der Achselhöhlen. Dieser äußert sich in einem unangenehmen Schweißgeruch. Ich hatte alle möglichen und unmöglichen Ideen aufgegriffen, um mich dieser peinlichen Ausdünstung zu entledigen, aber nichts half. Anfangs wollte ich den unangenehmen Geruch durch Deosprays oder Körperpuder unterdrücken, was aber nur sehr kurzfristig wirkte. Bereits nach ein bis zwei Stunden trat der Geruch wieder auf. Im Sommer rasierte ich die Behaarung, da es mir unangenehm war, mich so in der Öffentlichkeit sehen zu lassen. Als ich von der antiviralen, antibakteriellen und antimykotischen Wirkung des Grapefruitkern-Extrakts erfuhr, war mein Interesse sofort geweckt. Ich gab 30 Tropfen des Extrakts in einen kleinen Zerstäuber und füllte den Rest des Flacons mit Wasser. So hatte ich mir mein eigenes Körperdeo zusammengestellt. Zu Beginn rasierte ich mir also wieder alle Haare unter den Achseln ab, um die Bakterien, die sich vornehmlich an die Haare anheften, großflächig loszuwerden. Von nun an wollte ich den Bakterien kein geeignetes Wachstumsmilieu mehr bieten. So besprühte ich die Achselhöhlen mehrmals täglich. Ich kann meine Freude kaum beschreiben, als die Behaarung langsam nachwuchs,

sich aber an den Haaren keine Parasiten mehr befanden. Zunächst war ich noch sehr skeptisch und traute dem Frieden nicht, und ich setzte die intensive Behandlung fort. Als sich nach einigen Monaten aber immer noch keine Verschlechterung einstellte, war ich überzeugt, die Bakterien gänzlich vertrieben zu haben. Seit dieser Zeit benutze ich mein Deo aus Grapefruitkern-Extrakt nur noch jeden Morgen. Mein Schweißgeruch gehört seitdem der Vergangenheit an.

Bernhard S., Augsburg
Im letzten Jahr buchte ich mit einigen Freunden eine Reise nach Mexiko. Ich informierte mich vorher natürlich über die Gegebenheiten des Landes, und von »Montezumas Rache« wußten wir alle. Ich wollte also möglichst auf Sicherheit setzen. Ich hörte von der keimtötenden und nebenwirkungsfreien Wirkungsweise des Grapefruitkern-Extrakts. Also kaufte ich ein Fläschchen und nahm es mit auf die Reise. Einige meiner Freunde belächelten meine Vorsichtsmaßnahme. Sie vertrauten auf Vitaminpräparate und Kohletabletten. Außerdem wollten sie beim Essen und Trinken einfach aufpassen. Insgesamt entschlossen sich außer mir noch zwei weitere Personen, den Versuch mit Grapefruitkern-Extrakt zu unternehmen und weder beim Essen noch beim Trinken besondere Rücksicht walten zu lassen. Vom ersten Tag der Reise an tranken wir also zehn Tropfen Grapefruitkern-Extrakt in etwas Flüssigkeit. Der Urlaub dauerte vier Wochen, und es war eine wunderschöne Zeit. Bis auf eines: Wir drei, die wir den Grapefruitkern-Extrakt von Anfang an genommen hatten, mußten uns nach einigen Tagen kurzfristig als Krankenpfleger für die anderen fünf der Gruppe betätigen, denen wir schließlich mit Hilfe von Grapefruitkern-Extrakt rasch wieder auf die Beine helfen konnten.

XIV. Krankheitsregister
von A bis Z

Abwehrkräftemangel

Abwehrkräftemangel oder Immunschwäche äußert sich im wiederholten Auftreten von Infektionen, Entzündungen, Allergien oder chronischen Erkrankungen. Viele Ursachen können zu einer Abwehrschwäche führen. Zum einen steht das Immunsystem in direktem Zusammenhang mit unserer Psyche, so daß tägliche Überlastung, Streß oder Depressionen eine Schwächung der natürlichen Immunabwehr bedingen. Weitere Gründe sind in unseren Ernährungsgewohnheiten zu finden. Denaturierte Nahrungsmittel mit einem zu geringen Anteil an Frischkost und Gemüse (Vitaminmangel) und zunehmende Umweltbelastungen führen zur Senkung der körpereigenen Abwehrreaktion. Bei Abwehrschwäche nisten sich deshalb leichter schädliche Parasiten und Pilze in unserem Körper ein, die ihrerseits wieder Giftstoffe produzieren und den menschlichen Organismus belasten. Als weitere Folge wird somit chronischen Erkrankungen Tür und Tor geöffnet.

Tip: Geben Sie täglich drei bis fünf Tropfen Grapefruitkern-Extrakt in ein Glas Wasser oder in Fruchtsaft, und trinken Sie dies frühmorgens und abends schlückchenweise. Dabei können Sie ruhig den Mund- und Rachenraum etwas ausspülen, bevor Sie die Flüssigkeit herunterschlucken. *Hinweis:* Wenden Sie bei Abwehrschwäche den Grapefruitkern-Extrakt kurmäßig an, zum Beispiel zu Beginn der kalten Jahreszeit oder vor einer drohenden Grippewelle.

Zusätzliche Behandlungsmöglichkeiten: Ernähren Sie sich ausgewogen, treiben Sie Sport, besuchen Sie zur Abhärtung einmal wöchentlich die Sauna, oder führen Sie zu Hause Kaltwasseranwendungen durch. Wechselduschen oder kalte Wassergüsse morgens nach dem Aufstehen bringen das Immunsystem schnell wieder auf Trab. Zum Streßabbau können Entspannungsübungen wie Autogenes Training oder Yoga angewendet werden. Einige ätherische Öle wirken sich auch positiv auf die Immunabwehr aus. Geben Sie beispielsweise täglich ein paar Tropfen Angelikaöl, Teebaumöl oder Thymianöl in die Aromalampe oder in ein Vollbad.

Achselschweiß

Der Schweiß reguliert den Wärmehaushalt des menschlichen Organismus. Das saure Sekret (mit einem pH-Wert von circa 4,5), das von den rund drei Millionen Schweißdrüsen des Körpers ausgeschieden wird, dient des weiteren dazu, das Bakterienwachstum auf der Haut, insbesondere in den Achselhöhlen, zu hemmen. Normalerweise hat Schweiß keinen starken Eigengeruch. Jeder, der schon einmal in der Sauna richtig ins Schwitzen gekommen ist, kann dies bestätigen. Der unangenehme Schweißgeruch tritt erst dann auf, wenn die abgesonderte Schweißflüssigkeit mit Bakterien in Kontakt kommt. Starkes Schwitzen kann nach sportlichen Aktivitäten oder bei extremer psychischer Belastung wie beispielsweise Angst auftreten. Bei übermäßigem Schwitzen, der sogenannen Hyperhidrose, kann aber auch eine Infektion für die vermehrte Schweißbildung verantwortlich sein. In diesem Fall ist dies immer ein Hinweis auf starken Bakterienbefall.

Tip: Die innerliche Einnahme von einigen Tropfen Grapefruitkern-Extrakt, in einem Glas Wasser gelöst, sorgt für die Vernichtung der Bakterien. Noch stärker wirkt jedoch die äußerliche Anwendung in Form eines natürlichen Grapefruitkern-Extrakt-Deodorants. Dies ist in den einschlägigen Geschäften zu kaufen oder zu bestellen, oder Sie können es auch selbst herstellen. Geben Sie dazu 20 Tropfen Grapefruitkern-Extrakt auf einen Liter Wasser, und rühren Sie die Mischung sehr gut um. Dann füllen Sie diese Lösung in einen Wasserzerstäuber, und schon haben Sie ein wirksames Deodorant.

Zusätzliche Behandlungsmöglichkeiten: Die Naturheilkunde weiß von der schweißhemmenden Wirkung des Salbei-Tees zu berichten. So wird der Tee als ein bewährtes Mittel gegen übermäßige Schweißbildung auch heute noch von Naturärzten und Heilpraktikern verordnet. Als homöopathisches Mittel empfiehlt sich die durch Hahnemanns Selbstversuch bekannt gewordene Chinarinde in der Potenz D6. Aber auch die Bekleidung kann die übermäßige Schweißproduktion hemmen oder fördern. Meiden Sie daher jede Art von synthetischer Kleidung, da diese keine Luft durchläßt und so die natürliche Hautatmung des Körpers beeinträchtigt. Greifen Sie, wann immer es geht, auf Naturmaterialien wie Baumwolle, Seide oder Hanf zurück. Diese sind atmungsaktiv, nehmen den Schweiß auf und geben die Flüssigkeit nach außen hin wieder ab.

AIDS

Grapefruitkern-Extrakt wird zwar von vielen schon als das Wunderheilmittel für alle möglichen Erkrankungen ange-priesen. Dennoch darf man von diesem Extrakt nicht zuviel verlangen. Gerade bei einer so schwerwiegenden Erkrankung wie AIDS sollten die Erwartungen an den Heilerfolg (oder die Verbesserung der Immunabwehr) nicht zu hoch geschraubt werden. AIDS ist eine so hochkomplexe Erkrankung, daß die Einnahme von Grapefruitkern-Exktrakt zumindest von me-dizinischer Seite eher unter die Rubrik »Scharlatanerie« zu verbuchen sein wird. Auch wir wollen keinesfalls davon sprechen, daß Grapefruitkern-Extrakt AIDS heilen könnte. Wir gehen aber davon aus, daß durch die Einnahme von Grapefruitkern-Extrakt ein erster Schritt in Richtung Stabi-lisierung beziehungsweise Aktivierung der körpereigenen Im-munabwehr getan werden kann. Da es sich bei AIDS um eine virusbedingte Erkrankung des Immunsystems handelt (siehe dazu auch: Abwehrschwäche), sollte nichts dagegen spre-chen, den Grapefruitkern-Extrakt auch bei dieser schweren Erkrankung additiv einzusetzen. Weil der Grapefruitkern-Extrakt aus medizinischer Sicht bei vielen Indikationen, sprich Krankheiten, noch nicht oder nur in Tierversuchen getestet wurde, liegen jedoch keine zuverlässigen statisti-schen Angaben vor. Zwar gibt es aus der Erfahrungsheilkun-de immer wieder Berichte, die Anlaß zu Euphorie geben könnten, doch auf handfeste Fakten aus klinischen Studien, deren Laufzeit circa zehn Jahre beträgt, kann bei der Verab-reichung von Grapefruitkern-Extrakt im Zusammenhang mit AIDS leider nicht zurückgegriffen werden. Aber man sollte nichts unversucht lassen und alle Möglichkeiten zur Heilung in Betracht ziehen, noch dazu, wenn es sich um eine so schwerwiegende Erkrankung handelt. Sprechen Sie in jedem Fall die Dosierung und den eventuellen Einsatz mit Ihrem behandelnden Arzt ab.

Anmerkung: Entgegen der landläufigen schulmedizinischen Behauptung, daß AIDS eine nicht reversible (also wieder verschwindende beziehungsweise sich zurückbildende) Erkrankung ist, wird vereinzelt immer wieder von HIV-positiven Patienten berichtet, bei denen das Virus nach einigen Jahren nicht mehr nachzuweisen war. Das bedeutet, daß die von vielen immer noch als »Todesurteil« bezeichnete Diagnose AIDS nicht zwingend zum Tode führen muß.

Akne

Akne ist eine Hauterkrankung, die hauptsächlich Jugendliche und Pubertierende befällt. Das läßt sich darauf zurückführen, daß die Aktivität der Talgdrüsen durch den Geschlechtshormonspiegel gesteuert wird. Aber nicht nur Jugendliche im pubertierenden Alter leiden unter dieser Erkrankung. Wenn sich die Talgdrüsen verstopfen und der Talg in der Folge nicht mehr abfließen kann, werden die sich bildenden Talgansammlungen von der körpereigenen Abwehr als Feind erkannt, eingekesselt und zerstört. Die anfallenden »Zell-Leichen« sorgen für entzündliche Prozesse. Aber auch die Ernährung (insbesondere der Genuß von vielen Süßigkeiten) und die psychische Situation können eine Rolle bei der Bildung von Akne spielen. Damit sich die Eiterherde auf der Haut nicht immer weiter ausbreiten, empfiehlt sich die Desinfektion als äußere Maßnahme mit entsprechenden Sprays oder Flüssigkeiten. Das bis heute gebräuchlichste Desinfektionsmittel ist nach wie vor der Alkohol. Allerdings belegen Studien der Universität von São Paulo, Brasilien, daß die Effektivität des Grapefruitkern-Extrakts bei der Hautdesinfektion weitaus höher ist als die des Alkohols.

Tip: Vermeiden Sie die Anwendung von Kosmetika an den erkrankten Hautstellen. Am besten ist es, wenn die von Akne befallenen Hautareale ausreichend frische Luft bekommen und nicht von Akne-Stiften oder Make-up zugepinselt werden. Die Anwendung von porenverstopfenden Kosmetika ist der Grundstein eines Teufelskreises, dem Sie nur noch schwer entfliehen können. Meiden Sie daher Fette und Öle auf der Haut, und waschen Sie sich nur mit Wasser und pH-neutraler Seife. Anschließend reinigen Sie die Haut mit einer Grapefruitkern-Extrakt-Lösung, die Sie aus zehn Tropfen Grapefruitkern-Extrakt und 250 Milliliter Wasser zubereiten. So werden Keime auf schonende Weise abgetötet, und Sie können auf scharfes, alkoholhaltiges und hautreizendes Gesichtswasser verzichten.

Zusätzliche Behandlungsmaßnahmen: Auch Gesichtspakkungen aus Heilerde wirken entzündungshemmend. Der Maske aus Heilerde können Sie auch jeweils einen Tropfen des Sandelholzöls, einen Tropfen Zitronensaft und einen Tropfen Teebaumöl beimengen.

Allergien

Bei einer Allergie hält das Immunsystem die in den Körper eindringenden Substanzen für schädlich, und der Organismus antwortet mit einer Überreaktion. Oft handelt es sich bei den allergieauslösenden Substanzen (Allergene) um normalerweise als harmlos geltende Stoffe wie Blütenpollen, Hausstaub, Tierhaare oder Lebensmittel. Eine allergische Reaktion kann sich in Entzündungen der Haut oder der Schleimhäute, Asthma, Heuschnupfen, Juckreiz, Nesselfieber, Augentränen oder Beschwerden des Magen-Darm-Trakts äußern. Normalerweise bildet der Körper beim ersten Kontakt mit einem eindringenden Mikroorganismus (Antigen) Antikörper (Immunglobuline). Sie kennzeichnen den fremden Stoff als Eindringling, und beim nächsten Kontakt können die weißen Blutkörperchen Abwehrstoffe bilden und ihn auflösen. Bei einer allergischen Reaktion antwortet der Körper aber unverhältnismäßig heftig gegen bereits von ihm als harmlos eingestufte Substanzen. Der Organismus reagiert mit einer massiven Abwehr gegen diese Antikörper und bildet dabei den Abwehrstoff Histamin. Die erhöhte Ausschüttung des Histamins sorgt nun für eine Erweiterung der Gefäßwände, sie werden durchlässiger. Blut und Wasser treten jetzt ins Gewebe ein und führen zu Rötungen, Schwellungen und Entzündungen. Die Schulmedizin kann bis heute keine Antwort darauf geben, warum der Körper auf manche Substanzen plötzlich allergisch reagiert. Es wird vermutet, daß es sich um eine Überlastung des Immunsystems handelt. Interessant ist jedoch die Tatsache, daß allergische Reaktionen bereits beim Anblick von Allergenen wie Tierhaaren oder Hausstaub ausgelöst werden können. Das würde wiederum darauf hinweisen, daß eine Allergie möglicherweise auch durch psychische Faktoren ausbricht. So kann es beispielsweise auch vorkommen, daß man auf einen harmlosen Stoff plötzlich allergisch reagiert, wenn man ihn mit einem psychisch belastenden Erlebnis in Verbindung bringt. In jedem Fall vermag die Einnahme von Grapefruitkern-Extrakt die

Behandlung von Allergien zu unterstützen. Einerseits hilft der Grapefruitkern-Extrakt bei der Stabilisierung des Immunsystems, andererseits bei innerlichen Beschwerden des Magen-Darm-Trakts.

Tip: Bei schwerwiegenden Allergien sollte die Dosierung langsam gesteigert werden. In der ersten Woche nehmen Sie einmal täglich neun Tropfen Grapefruitkern-Extrakt in einem Glas Wasser, in der zweiten Woche frühmorgens und abends und in der dritten Woche dreimal täglich die oben genannte Dosierung. Zur äußerlichen Anwendung bereiten Sie sich eine Lösung von 20 Tropfen Grapefruitkern-Extrakt und fünf Tropfen Arnika-Tinktur auf einen halben Liter Wasser zu. Tauchen Sie einen Wattebausch in die Lösung ein, und reiben Sie nicht nur die betroffenen Hautstellen gut damit ein.

Zusätzliche Maßnahmen: Gerade bei Allergien empfiehlt sich eine homöopathische Therapie. Der Homöopath orientiert sich an den individuellen Beschwerden und Besonderheiten des Patienten und verordnet das entsprechende homöopathische Medikament. Eine weitere Möglichkeit ist die Reiztherapie durch die Eigenblutbehandlung. Aus der Armvene werden dem Patienten zehn Milliliter Blut entnommen und im Gesäßmuskel wieder eingespritzt. Diese Vorgehensweise erzeugt einen künstlichen Bluterguß und mobilisiert das gesamte Immunsystem. Besonders bei allergischem Asthma, Ekzemen und Heuschnupfen verzeichnet die Eigenblutbehandlung große Erfolge. Bei äußerlichen allergischen Hautreaktionen hat sich die Eigenurintherapie bestens bewährt. Hier werden die betroffenen Hautstellen mit einem in Urin getränkten Wattebausch betupft, dann wartet man, bis der Urin auf der Haut eingetrocknet ist. Aber auch die psychische Komponente sollte bei den zusätzlichen Maßnahmen nicht außer acht gelassen werden. Beschäftigen Sie sich gedanklich mit dem auslösenden Allergen, und stellen Sie sich die Frage, warum Sie gerade auf diesen Stoff so heftig reagieren. Schreiben Sie alle Gedanken dazu nieder und meditieren Sie über das Ergebnis. Wenn Sie das Allergen noch nicht kennen, ist es empfehlenswert, ein Allergietagebuch zu führen. Hier sollten Sie Ihren Tagesablauf eintragen und alle Materialien und Lebensmittel, mit denen Sie in Berührung kommen. Bei einer Pollenallergie hat sich nach Empfehlungen der Hildegard von Bingen auch das Essen von heimischem Honig bewährt. Besorgen Sie sich Honig, der von Bienen stammt, die ihn im Umkreis von maximal zehn Kilometern zu Ihrem Wohnort gesammelt haben. So kommen Sie immer wieder mit den Pollen in Berührung, und der sogenannte Desensibilisierungs-Effekt tritt ein.

Arteriosklerose

Bei der Arterienverkalkung werden vor allem die Herzkranzgefäße und die venösen und arteriellen Gefäße befallen. Diese Erkrankung betrifft in erster Linie Menschen, die in den sogenannten Industrieländern leben. Die Arteriosklerose ist auf Zellstoffwechselstörungen zurückzuführen und beginnt meist in den Hauptschlagadern. Sogenannte Freie Radikale (siehe Kapitel über Freie Radikale) schädigen die Zellmembran und sorgen so für den Untergang und die Vernichtung von Zellen. Diese Abfallprodukte lagern sich mit der Zeit an den Gefäßwänden an, bilden Verdickungen und hemmen die Blutzirkulation. Eine Unterversorung des Gewebes mit Sauerstoff und Energie ist die Folge. Hohe Risikofaktoren sind ein erhöhter Cholesterinspiegel oder ein zu hoher Fettanteil im Blut. Aus dem Blut vermag Cholesterin in die inneren Gefäßschichten zu gelangen und dort Ablagerungen zu bilden. Diese können zu schwerwiegenden Funktionsstörungen bis hin zum Gefäßverschluß führen. Vorwiegend tritt die Arteriosklerose in den Herzkranzgefäßen (mögliche Folge: Herzinfarkt) und in den im Gehirn liegenden Arterien (mögliche Folge: Schlaganfall) auf. Es können aber auch Arterien in den Gliedmaßen betroffen sein. Sind die Cholesterinwerte trotz Diät erhöht, liegt möglicherweise ein Mangel an Antioxydantien vor. Natürliche Antioxydantien sind zum Beispiel Vitamin C und E. Sie schützen unsere Zellen vor den Freien Radikalen, die verantwortlich sind für die Zelldegeneration und somit auch für den Alterungsprozeß. Grapefruitkern-Extrakt soll, so britische Wissenschaftler, wesentlich effektiver sein als Vitamin C oder E. Sie bezeichnen den Extrakt aus den Kernen der paradiesischen Frucht sogar als »Antidot (Gegenmittel) bei Arteriosklerose«, weil er dazu beiträgt, die Gefäßwände »abzudichten«, die Elastizität der Gefäßwände zu erhalten und die Durchblutung zu fördern.

Tip: Personen, die eine Prädisposition zur Arteriosklerose aufweisen, sollten eine kontinuierliche Einnahme von Grapefruitkern-Extrakt über mehrere Wochen oder Monate in Betracht ziehen. Hier empfiehlt sich die innere Anwendung von Grapefruitkern-Extrakt mit einer niedrigen Dosis von fünf Tropfen auf ein Glas Wasser täglich. Steigern Sie die Dosierung in der ersten Woche um jeweils einen Tropfen. Die Dosis von 12 Tropfen täglich auf ein Glas Wasser können Sie dann bis zu drei Monaten fortsetzen. Danach sollte mindestens eine einmonatige Pause eingelegt werden.

Zusätzliche Maßnahmen: Bei erhöhten Blutfettwerten (Cholesterinspiegel) kann die Umstellung auf eine vegetarische Vollwerternährung von großem Nutzen sein. Essen Sie vorwiegend Obst und frisches Gemüse. Meiden Sie Fleisch, Fisch, Zucker, Konservennahrung, Eier, Weißmehl, Chips und Knabberzeug. Genießen Sie statt dessen die Natur, gehen Sie häufig an die frische Luft und sorgen Sie für ausreichende Bewegung. Die Muskulatur des Körpers ist der beste Masseur für die Blutgefäße, wenn sie gleichmäßig und vielseitig belastet wird. Mit anderen Worten: Treiben Sie regelmäßig Sport.

Asthma

Asthma ist eine chronische Atemwegserkrankung. Dabei entzündet sich die Bronchialschleimhaut, schwillt an und produziert einen dickflüssigen Schleim. Dadurch wird das Ausatmen erschwert. Die verbrauchte Luft staut sich in der Lunge, und es kann nicht genügend Frischluft eingeatmet werden. Deshalb tritt bei akuten Asthmaattacken ein anfallsartiger Husten mit akuter Atemnot auf. Bei Asthma unterscheidet man zwei Arten, das allergische Asthma (exogenes Asthma) und das nicht-allergische Asthma (intrinsisches Asthma).

Bei allergischem Asthma spielen allergieauslösende Substanzen wie Hausstaubmilben, Tierhaare, Schimmelpilze, Lebensmittel oder Rußpartikel die größte Rolle. Aber auch psychische Belastungen können die Ursache sein. Das nicht-allergische Asthma ist häufig die Folge von chronischen Infekten. Aber auch Erbfaktoren können dafür verantwortlich sein. Bei beiden Arten des Asthmas kann der Grapefruitkern-Extrakt in der innerlichen Anwendung unterstützend zum Einsatz kommen. Einerseits mobilisiert die Einnahme des Extrakts das Immunsystem, andererseits beruhigt seine stark entzündungshemmende Wirkung die Bronchialschleimhaut.

Tip: Trinken Sie neun Tropfen täglich in einem Glas Flüssigkeit. Schwer Asthmakranke haben für akute Notfälle ein Aerosolgerät (Sprühinhalator) zum Inhalieren. Geben Sie die Grapefruitkern-Extrakt-Mischung in das Aerosolgerät, und versuchen Sie die Verträglichkeit (nicht bei einem akuten Anfall ausprobieren!).

Inhalieren Sie mehrmals täglich ein paar Sprühstöße davon, denn so gelangt der Grapefruitkern-Extrakt direkt in die Bronchialwege.

Zusätzliche Maßnahmen: Da Asthma eine Erkrankung ist, die auch auf eine fehlerhafte Atmung zurückgeht, sollte dieser besonders große Aufmerksamkeit geschenkt werden. Üben Sie daher vor allem das ruhige und gleichmäßige Ein- und Ausatmen. Gerade beim Ausatmen sollten Sie sich in allen Teilen des Körpers entspannen und jeden Muskel in die Ruhephase bringen. Hierfür gibt es spezielle Atemgymnastikübungen, die Ihnen zeigen, wie Sie die Ausatmung erleichtern können, indem sich die Muskulatur des Brustkorbs entkrampft.

Aber auch eine Vielzahl von Tees haben schleimlösende Eigenschaften: Holunderblüten, Huflattich und Fenchel. Der regelmäßige Genuß dieser Tees führt zu einer Entschleimung der Bronchialwege. Außerdem bewährt hat sich frisch geriebener Meerrettich, gemischt mit Honig. Davon täglich drei Teelöffel voll einnehmen.

Ausfluß

Ausfluß bei den weiblichen Geschlechtsorganen ist eine ganz natürliche körperliche Reaktion. Allerdings kann es hin und wieder vorkommen, daß sich größere Mengen von Ausfluß bilden. Je nach Zeitpunkt des weiblichen Zyklus verändert sich die Menge und die Beschaffenheit des Ausflusses. Nach der Menstruation folgt ein relativ trockener Abschnitt. Bis zum Zeitpunkt des Eisprungs nimmt der Ausfluß deutlich zu und zieht Fäden. Danach wird er wieder eher undurchsichtig und zieht keine Fäden mehr. Stärkerer Ausfluß muß nicht immer die Folge einer Infektion sein, auch die Nahrung wirkt entscheidend auf die Menge und Beschaffenheit der Flüssigkeit. Bei erhöhtem Verzehr von Milchprodukten wird der Ausfluß zum Beispiel stärker. Aber auch eine Veränderung des pH-Werts kann ihn so vermehren, daß Juckreiz auftritt, obwohl keine bakterielle Infektion vorliegt. Ein Auslöser für solche Vorgänge kann beispielsweise übertriebene Hygiene durch Vaginalspülungen sein. Seifen, Shampoos oder übermäßig häufige Waschungen oder Spülungen mit Wasser stören die natürliche Scheidenflora in ihrem Gleichgewicht. Das Tragen von Nylonstrumpfhosen oder synthetischer Unterwäsche verhindert eine optimale Hautatmung und führt zu überhöhten Temperaturen und somit zur Schädigung der Vaginalflora.

Für therapeutische Maßnahmen sollten Sie sich also nur dann entscheiden, wenn Sie alle oben genannten Faktoren berücksichtigt haben und es sich nachweislich um eine Infektion handelt. Die häufigsten Ursachen für den Ausfluß sind dann unspezifische bakterielle Entzündungen, Chlamydien, Trichomonaden, Streptokokken oder Hefepilze. Bei den Pilzerkrankungen im Vaginalbereich handelt es sich ausschließlich um Hefepilze, in über zwei Drittel aller Fälle um Candida albicans. Candida albicans ist ein sehr hartnäckiger Hefepilz, der bislang nahezu allen schulmedizinischen Therapieverfahren ihre Grenzen aufzeigt. Er läßt sich in vielen Fällen nicht einmal mehr durch die Verabreichung starker Antibiotika aus der Scheidenflora vertreiben. Candida albicans liebt nicht nur das feuchtwarme Klima, sondern er findet in Form von Glukose im menschlichen Körper auch ausreichend Nahrung für sein Gedeihen. Oftmals sorgt ein erhöhter Hormonspiegel des weiblichen Geschlechtshormons Östrogen für erhöhte Glukosewerte. Und selbst gegen die Milchsäure, die die Lactobazillen in der Scheide produzieren, ist der Hefepilz resistent. Gerade hier kann der Grapefruitkern-Extrakt als Vaginalspülung beste Dienste leisten, um dem Befall von Parasiten, Bakterien oder eben auch von Pilzen Einhalt zu gebieten. Grapefruitkern-Extrakt besitzt nämlich die besondere Eigenschaft, nur die pathologisch wirkenden Bakterien, Viren oder Pilze in ihrem Wachstum zu hemmen. Die für die Scheidenflora wichtigen Lactobakterien werden dabei kaum beeinträchtigt. Bei einer Studie in Mexiko wurde der Grapefruitkern-Extrakt an 20 Patientinnen mit Vaginalinfektionen getestet. Sie führten alle zwölf Stunden eine Vaginaldusche mit Grapefruitkern-Extrakt durch. Schon nach drei Tagen waren die Symptome bei 15 der Patientinnen verschwunden. Obwohl der Einsatz des Grapefruitkern-Extrakts hier geradezu ideal ist, sollten Sie dies keinesfalls ohne ärztliche Aufsicht machen. Ihre Frauenärztin bzw. Ihr Frauenarzt kann den Krankheitsverlauf ohne großen Aufwand durch einen einzigen Abstrich nachvollziehen und eventuell mögliche Begleiterscheinungen oder Folgeerkrankungen ausschließen beziehungsweise rechtzeitig erkennen.

Tip: Setzen Sie bei der Vaginalpflege dem Waschwasser acht Tropfen Grapefruitkern-Extrakt auf ein Glas Wasser hinzu. Mittels einer Einmalspritze können Sie mit dieser Lösung auch Vaginalspülungen durchführen. *Achtung:* Bringen Sie Grapefruitkern-Extrakt nie unverdünnt mit den Schleimhäuten in Kontakt!

Zusätzliche Maßnahmen: Zum Wiederherstellen der natürlichen Vaginalflora können Sie – am besten nachts – Scheidenzäpfchen aus Milchsäurebakterien einführen (erhältlich in den Apotheken). Für Vaginalspülungen eignet sich auch eine Mischung aus einem Eßlöffel Essig und einem Eßlöffel Zitronensaft auf eine große Tasse Wasser. Zur Bekämpfung von Infektionen kann auch für einige Stunden ein Tampon eingeführt werden, der vorher in Wasser mit zwei Tropfen Grapefruitkern-Extrakt getränkt wurde. Eine große antibakterielle Wirkung besitzt auch der Knoblauch. Gute Heilerfolge verspricht deshalb das Einführen einer geschälten Knoblauchzehe (vorher an einem Faden festbinden).

Blähungen

Blähungen müssen nicht unbedingt ein Krankheitsanzeichen sein. Denn es ist ganz normal, Luft im Darm zu haben. Bis zu einem Liter Luft entweicht pro Tag aus dem Darm. Für übermäßige Blähungen sind viele Speisen verantwortlich, wie etwa Bohnen, Brokkoli, Zwiebel, Blumenkohl oder Weißkraut. Aber auch die Art der Nahrungsaufnahme kann dazu führen. Wer sich für das Essen keine Zeit nimmt, sondern alles hektisch und ohne ausreichendes Kauen hinunterschlingt, bringt auf diesem Wege bereits viel Luft mit in den Verdauungstrakt. So wie ein trockener Schwamm, wenn man ihn unter Wasser taucht, nach und nach Luft abläßt, so entweicht Luft aus der ungenügend eingespeichelten Nahrung. Dies kann Blähungen verursachen. Aber auch die Luft, die man bei jedem Bissen verschluckt, gelangt entweder in den Darm, wo sie Blähungen verursacht, oder sie entweicht beim Aufstoßen aus dem Mund. Viele Lebensmittel enthalten an sich schon viel Luft wie zum Beispiel kohlensäurehaltige Getränke oder Schlagsahne. Neben diesen Blähungen können übermäßige Windabgänge bereits erste Anzeichen für eine Erkrankung des Verdauungstrakts sein. Besonders anfällig ist hierbei die Darmflora. Ähnlich wie bei der weiblichen Scheidenflora hängt eine gesunde Dickdarmflora nämlich vom Vorhandensein einer ausreichenden Anzahl von Bakterien (Colibakterien) ab. Diese werden durch eine Vielzahl anderer Bakterien jedoch in ihrer Existenz bedroht, was zu heftigen chemischen Reaktionen und Blähungen führen kann. Hier eignet sich ebenfalls die wiederholte Einnahme von Grapefruitkern-Extrakt, da er auch im Darm ganz spezifisch nur diejenigen Parasiten bekämpft, die für den Menschen pathologisch wirken.

Tip: Bevor Sie jedoch Ihre Blähungen durch die Einnahme von Grapefruitkern-Extrakt bekämpfen, sollten Sie in jedem Fall Ihren Hausarzt aufsuchen. In diesem Fall ist es besser, viel Aufheben um hoffentlich nichts Ernstes zu machen, als durch eine voreilige Selbsttherapie unter Umständen wertvolle Zeit für eine spezielle, tiefergreifende Behandlung zu verlieren. Blähungen können nämlich aufgrund verschiedenster Erkrankungen wie zum Beispiel Zöliakie, Darminfektionen, Bauchfellentzündungen, Erkrankungen der Gallenwe-ge, Morbus Crohn, Candida albicans oder sogar einer

Herzerkrankung als Erstsymptom in Erscheinung treten. Erst nach einer genauen Diagnose sollten Sie in Absprache mit Ihrem Arzt entscheiden, ob der Grapefruitkern-Extrakt in diesem speziellen Fall als additive Maßnahme gegen Blähungen in Frage kommt.

Zusätzliche Maßnahmen: Aus der Pflanzenheilkunde wirkt die berühmte »Drei-Winde-Teemischung« gegen Blähungen: Lassen Sie sich in der Apotheke eine Mischung zu jeweils gleichen Teilen Fenchel-, Kümmel- und Anistee zusammenstellen.

Bläschen an den Lippen

Bläschen an den Lippen und um die Mundwinkel können vielerlei Ursachen haben. Zunächst denkt man wohl immer an das Herpes-simplex-Virus, von dem rund 90 Prozent der Bevölkerung infiziert sind. Allerdings ist dieses Virus trotz seiner weiten Verbreitung relativ harmlos, da die meisten Menschen zwar von ihm befallen sind, es aber relativ selten zu feststellbaren Krankheitsanzeichen kommt. Die Infektion mit dem Herpes-Virus (HSV-1) erfolgt meist schon in der frühen Kindheit, wenn der mütterliche Immunschutz langsam nachläßt.

Das Virus nistet sich in den Nervenzellen ein und verweilt dort ein Leben lang. Die Einnahme von Grapefruitkern-Extrakt kann uns dabei helfen, die Verbreitung dieser Viren auf der körperlichen Ebene einzudämmen. Gerade bei Lippenherpes spielt aber die Psyche eine große Rolle. Meist bricht der Herpes nach einem Ekelgefühl aus, das anscheinend das Immunsystem enorm schwächt. Bei roten entzündeten Stellen an den Mundwinkeln kann es sich jedoch auch um sogenannte Faulecken handeln, eine Infektion, die durch Bakterien oder Pilze hervorgerufen wird. Aber auch eine beginnende Neurodermitis äußert sich manchmal durch aufgerissene, entzündete Mundwinkel. In Studien aus den Vereinigten Staaten über die Wirksamkeit von Grapefruitkern-Extrakt konnten Ärzte feststellen, daß das Herpes-Virus schon zehn Minuten nach dem Auftragen des Grapefruitkern-Extrakts inaktiv wird.

Tip: Geben Sie zehn Tropfen Grapefruitkern-Extrakt auf 250 Milliliter Wasser, und gurgeln Sie damit mehrmals täglich. Sie können die befallenen Stellen auch lokal behandeln. Tauchen Sie dazu ein Wattestäbchen in eine speziell zubereitete Lösung von Grapefruitkern-Extrakt. Nehmen Sie hier einen Teil Grapefruitkern-Extrakt und zehn Teile Wasser. Achten Sie darauf, daß diese hochkonzentrierte Lösung auf keinen Fall mit den Mund- oder Augenschleimhäuten in Berührung kommt. Tupfen Sie daher mit dem Wattestäbchen wirklich nur ganz gezielt auf die Herpesstellen. Generell dürfen Sie nie Grapefruitkern-Extrakt unverdünnt auf die Schleimhäute auftragen!

Zusätzliche Behandlungsmaßnahmen: Auch Teeauflagen aus Kamille und Thymian wirken entzündungshemmend. Tränken Sie einen Wattebausch oder ein Taschentuch in dem warmen Teeauszug, und legen Sie ihn auf die befallenen Stellen.

Oftmals wirkt auch eine Echinacea-Tinktur in Minutenschnelle, wenn sie beim Auftreten der ersten Anzeichen von Herpes sofort mit einem Wattestäbchen auf die befallenen Stellen aufgetragen wird.

Bläschengeschwüre im Mund (Soor)

Soor ist eine Infektion, die durch den Pilz Candida albicans (siehe auch: Pilzinfektionen) hervorgerufen wird. Vorwiegend erkranken Säuglinge an Soor. Kleine Pusteln bilden sich auf den Schleimhäuten des Gaumens, der Wangen und der Zunge. Da sich der Pilz auch im Darmbereich ausbreitet, findet man häufig kleine rote Ausschläge um den After des Babys. Ich rate zwar nicht strikt davon ab, Säuglinge mit Grapefruitkern-Extrakt-Lösung zu behandeln, möchte aber nachdrücklich darauf hinweisen, daß generell beim Umgang mit Babys jeglicher Einsatz von Medikamenten oder Tinkturen in jedem Fall mit dem Kinderarzt abgesprochen werden muß. Gerade Babys und Kleinkinder reagieren so gut auf andere Heilmittel wie Tees oder Nahrungsumstellung, daß man sich für den Einsatz eines stark wirkenden Präparats wie den Grapefruitkern-Extrakt erst dann entscheiden sollte, wenn alle natürlichen Maßnahmen und andere Hausmittel keinen Erfolg zeigen. Aber auch Erwachsene können unter Soor leiden, und hier ist die Anwendung von Grapefruitkern-Extrakt manchmal sogar die letzte Rettung, wenn nämlich aufgrund einer Antibiotika-Behandlung die natürliche Bakterienflora des Mund- und Rachenraums zerstört wurde und sich eine Immunität gegen die Pilzinfektion entwickelt hat.

Tip: Geben Sie drei Tropfen Grapefruitkern-Extrakt auf ein Glas Wasser, und gurgeln Sie damit mehrmals täglich. Bestreichen Sie mittels eines Wattestäbchens damit auch direkt die befallenen Stellen im Mund- und Rachenraum. *Achtung:* Grapefruitkern-Extrakt niemals pur im Bereich der Schleimhäute auftragen! Da sich der Pilz Candida albicans vermutlich auch in der Darmflora ausgebreitet hat, empfiehlt sich ebenso die innere Einnahme des Grapefruitkern-Extrakts. Mischen Sie dazu acht Tropfen Extrakt auf ein Glas Wasser.

Zusätzliche Maßnahmen: Essen Sie keine scharfgewürzten Speisen. Genießen Sie Ihr Essen nicht heiß, sondern lassen Sie es etwas abkühlen. Mundsoor läßt sich außerdem auch über die Auswahl der Lebensmittel eindämmen. Verzichten Sie ganz auf scharfe Speisen, und nehmen Sie löffelweise milde Nahrung zu sich wie zum Beispiel Naturjoghurt. Auch Honig hilft, da er wundheilende Eigenschaften besitzt.

Blasenentzündung

Die Blasenentzündung ist eine bakterielle Infektion. Frauen sind davon häufiger betroffen als Männer, weil ihr Harnleiter kürzer ist und die Bakterien so schneller bis zur Blase vordringen können. Die Symptome äußern sich in plötzlichem Harndrang und Schmerzen beim oder nach dem Wasserlassen. Oft setzen sich die Bakterien nach einer Unterkühlung des Unterleibs oder kalten und nassen Füßen in der Blase fest.

Tip: Trinken Sie sehr viel Wasser, in das Sie jeweils einen Tropfen Grapefruitkern-Extrakt auf ein Glas zugeben. Bei der Blasenentzündung ist es wichtig, durch die hohe Flüssigkeitsaufnahme die Nieren, die Harnwege und die Blase durchzuspülen, damit die Bakterien abgeschwemmt werden. Grapefruitkern-Extrakt unterstützt diesen Prozeß mit seiner antibakteriellen Wirkung.

Zusätzliche Maßnahmen: Schmerzen können durch das Auflegen einer Wärmflasche sowie durch das Einnehmen des homöopathischen Mittels Cantharis C30 gelindert werden. Zwischendurch Blasentee trinken und strikte Bettruhe einhalten.

Brechdurchfall

Beim Brechdurchfall kann es sich um eine Unverträglichkeit bestimmter Nahrungsmittel handeln, um eine Virusinfektion oder um bakterielle Infektionen. Ähnlich wie beim Abschnitt Blähungen erwähnt, sollten Sie daher zunächst auf Unverträglichkeiten und Eßgewohnheiten achten. Oftmals kann aber auch eine Salmonelleninfektion der Auslöser für den Brechdurchfall sein. Klären Sie daher zu Beginn der Erkrankung durch einen Besuch beim Hausarzt, ob sich dieser Verdacht bestätigt.

Ist der Brechdurchfall auf harmlosere Ursachen zurückzuführen, können Sie mit der Einnahme von Grapefruitkern-Extrakt rasch eine Linderung oder gar Heilung herbeiführen. Durch seine antibakterielle und antivirale Wirkung vernichtet er schädliche Eindringlinge. Die natürliche Magen-Darm-flora baut sich wieder auf.

Tip: Nehmen Sie bei schwerwiegenden Brechdurchfällen zweimal täglich neun Tropfen auf ein Glas Flüssigkeit ein, bis die Symptome abklingen. Der Grapefruitkern-Extrakt entfaltet seine Wirkung zwar auch gegen Salmonellen, doch da es sich bei einer Salmonellenvergiftung oft um einen akut lebensbedrohlichen Zustand handelt, muß man in jedem Fall den Hausarzt aufsuchen und kann dann nur in Absprache mit ihm eine unterstützende Selbsttherapie mit Grapefruitkern-Extrakt in Angriff nehmen.

Zusätzliche Maßnahmen: Bei Übelkeit, Erbrechen und Durchfall aufgrund von Nahrungsmitteln oder Darminfektionen hat sich in der Homöopathie Nux Vomica C30 bewährt. Fünf Globuli in einem Glas Wasser auflösen und verteilt über den Tag schluckweise trinken. Bettruhe einhalten.

Bronchitis

Die akute Bronchitis tritt meistens bei einer allgemeinen Erkältungskrankheit auf. In der Regel wird sie durch eine Virusinfektion ausgelöst. Die chronische Bronchitis wird hingegen vorwiegend durch Rauch (Zigaretten), Staub, Gase und Dämpfe oder allgemeine Luftverschmutzung verursacht. Bei der akuten Bronchitis kommt es zu anhaltendem Husten mit Schleim. In den Bronchien ist das Schleimhautgewebe angeschwollen, um die Infektion zu bekämpfen. Daher kann es auch zu Schluckbeschwerden und Kurzatmigkeit kommen. Liegt eine Virusinfektion vor, kann Grapfruitkern-Extrakt dazu beitragen, das Virus zu bekämpfen.

Tip: Einmal täglich neun Tropfen auf ein Glas Flüssigkeit einnehmen, bis die Symptome abklingen. Zur Inhalation können Sie auch ein Nasenspray mit Grapefruitkern-Extrakt oder Dosieraerosol verwenden.

Zusätzliche Maßnahmen: Inhalieren Sie über einem heißen Wasserbad, in das Sie jeweils drei Tropfen Thymian oder Teebaumöl geben. Beide Öle wirken antiviral. Die heißen Dämpfe bringen den festsitzenden Schleim zum Abfließen. Aber auch Kamille bekämpft das Virus. Kochen Sie einen Liter Kamillentee, und inhalieren Sie die heilenden Dämpfe.

Candida albicans

Bei Candida albicans handelt es sich um die Überwucherung eines hartnäckigen Hefepilzes. Er ist der wichtigste Erreger der Candida mykose, einer übertragbaren Pilzerkrankung, die sich meist in einem örtlich beschränkten Infekt äußert. Vorwiegend breitet sich der Pilz über die Darmschleimhäute aus. Dort kann er sich in erster Linie einnisten, wenn die natürliche Darmflora gestört ist. Durch die schlechte Ernährungsweise in den zivilisierten Industrieländern ist die Darmflora bei den meisten Menschen geschädigt, und die Gedärme sind verschlackt. Die dort angesiedelten natürlichen Bakterien, die normalerweise für eine reibungslose Verdauung sorgen, werden dem Pilz nicht mehr Herr, wenn im Darm übermäßige Gärungsprozesse stattfinden, wenn eine allgemeine Immunschwäche vorliegt, oder wenn die natürliche Darmflora gar durch eine Antibiotikabehandlung geschädigt worden ist. Über die Darmschleimhäute kann sich der Pilz weiter ausbreiten und sich in anderen feuchten Schleimhäuten einnisten. Er befällt beispielsweise auch die Gallengänge, die Herzhöhlen, die Bronchien und die Ohren. Eine frischkostarme Ernährung begünstigt das weitere Wachstum des Hefepilzes, denn er lebt vorwiegend von den Zuckerbestandteilen der Kohlehydrate wie etwa von Brot, Kartoffeln, Backwaren oder von hefehaltigen Speisen sowie Alkohol. Da Candida albicans zusätzlich noch Stoffwechselgifte produziert, ist die Zahl der möglichen Folgeerkrankungen und Symptome nahezu unüberschaubar. Deshalb sei an dieser Stelle lediglich auf die wichtigsten und häufigsten hingewiesen, die da sind: Allergien, Asthma, Neurodermitis, Infektionen, Gelenkschmerzen, Gedächtnisschwäche, Depressionen, Schlafstörungen, Kopfschmerzen, Diabetes oder Krebs.

Tip: Die schonende Alternative zu der mit sehr starken Nebenwirkungen einhergehenden Antibiotikatherapie finden wir beim Candida albicans mit Sicherheit im Grapefruitkern-Extrakt. Bei keiner anderen Erkrankung wurde die Wirksamkeit des Grapefruitkern-Extrakts so ausführlich untersucht wie hier. Der Vorteil der Behandlung mit Grapefruitkern-Extrakt bei Candida albicans ist im Gegensatz zu den antibiotischen Substanzen darin zu sehen, daß sich die Wirkung des Extrakts lediglich auf die pathogenen – also krankmachenden – Bakterien beschränkt und somit die natürliche Darmflora erhalten bleibt. Amerikanische Ärzte empfehlen eine Behandlung, bei der die Dosis über mindestens drei Wochen gesteigert wird, da die Pilze – selbst wenn sie schon abgestorben sind – bei ihrem Verwesungsprozeß starke Gifte bilden, bei deren Abbau es zu erheblichen Nebenwirkungen kommen kann. In diesem Zeitraum leistet die unterstützende Wirkung des Grapefruitkern-Extrakts hervorragende Hilfe.

Zusätzliche Maßnahmen: Bei Candida albicans muß unbedingt ein guter Therapeut aufgesucht werden, denn es geht nicht nur darum, den wuchernden Hefepilz zu eliminieren. Bitte beachten Sie in jedem Fall die Grenzen der Selbstbehandlung und nehmen Sie professionelle Hilfe in Anspruch. Die Quote eines Wiederbefalls mit Candida albicans ist sehr hoch. Zusätzlich muß die Ernährung geändert, eine Darmreinigung durchgeführt (Colon-Hydro-Therapie) und die natürliche Darmflora wiederhergestellt werden (Symbioselenkung). Des weiteren sollte man alles für den Aufbau einer starken Immunabwehr tun. Hierbei können auch der Preß-Saft der Echinacea (Sonnenhut), die Essenz der Aloe Vera oder ein La Pacho-Tee gute Dienste leisten.

Dermatitis

Bei der Dermatitis handelt es sich um eine allgemeine Haut-entzündung. Meist wird sie durch schädliche äußere Einflüsse verursacht wie zum Beispiel Kälte, Wärme, Sonneneinstrah-lung oder andere Strahlenbelastungen. Zuerst muß unbedingt die äußere Ursache abgeklärt und beseitigt werden.

Tip: Zur Unterstützung der Abheilung können Sie eine Salbe mit Grapefruitkern-Extrakt oder eine Waschlotion mit zehn Tropfen Extrakt auf 250 Milliliter Wasser zur äußeren Abrei-bung verwenden.

Zusätzliche Maßnahmen: Verwenden Sie zum Waschen kei-ne aggressiven Seifen. Reinigen Sie die betroffenen Stellen am besten nur mit Wasser. Bedecken Sie die entzündeten Stellen nach Möglichkeit nicht. Luft trägt zum Abheilen von Entzün-dungen und Wunden bei. Sie können die betroffenen Haut-stellen auch mit Rotöl aus dem Johanniskraut einreiben.

Fußpilz

Beim Fußpilz handelt es sich meistens um Fadenpilze. Sie gedeihen besonders gut in Feuchtigkeit. Synthetische Strümpfe und synthetisches Schuhwerk bieten hierfür ein geradezu ideales Klima. Aber auch Shampoos und Badezusät-ze können dazu beitragen, die natürliche Schutzschicht der Haut besonders in den Zehenzwischenräumen zu zerstören. Achten Sie daher beim Baden oder Duschen besonders dar-auf, diese Stellen lange und gründlich mit klarem Wasser ab-zuwaschen.

Tip: Wechselfußbäder fördern die Durchblutung und bieten daher kein gutes Klima für Pilzbesiedelung. Stellen Sie hierfür zwei Gefäße mit jeweils kaltem und heißem Wasser auf. Geben Sie in beide Behälter jeweils fünf Tropfen Grapefruitkern-Extrakt. Abwechselnd für jeweils fünf Minuten die Füße baden. Anschließend die Füße mit einem Fußgel einreiben, das Grapefruitkern-Extrakt enthält.

Zusätzliche Maßnahmen: Gönnen Sie Ihren Füßen so oft wie nur möglich ein Bad an der frischen Luft. Barfußlaufen, eine Fußreflexzonenmassage oder der Fußabroller fördern die Durchblutung der Füße. Tragen Sie Baumwollstrümpfe und Schuhwerk aus echtem Leder oder anderen Naturmaterialien. Nach der Reinigung der Füße darauf achten, daß die Zwischenräume zwischen den Zehen immer gut abgetrocknet werden. Nutzen Sie auch den »Fußballer-Trick«: Fußballer fönen die Zwischenräume der Zehen nach dem Duschbad trocken! Neben dem Grapefruitkern-Extrakt hat auch das Teebaumöl eine antimykotische Wirkung. Geben Sie das Teebaumöl unverdünnt auf die betroffenen Hautstellen.

Fußschweiß
(Siehe Achselschweiß)

Gallenbeschwerden

In der Galle, die die unverwertbaren Endprodukte aus dem Stoffwechsel ausscheidet, kann es sehr leicht zu Entzündungen kommen, die durch Bakterien verursacht worden sind. Aber auch falsche Ernährung und seelische Auslöser können zu Gallenbeschwerden führen.

Tip: Bei einer Entzündung geben Sie zehn Tropfen Grapefruitkern-Extrakt in ein Glas mit 250 Milliliter Wasser zur täglichen Einnahme. Das hilft dabei, Ihren Körper zu entgiften und die entzündungsverursachenden Bakterien zu vernichten.

Zusätzliche Maßnahmen: Gallenflußfördernd wirkt ein frisch zubereiteter Tee aus Mariendistel. Zur Entgiftung kann auch eine Heilfastenkur in Betracht gezogen werden. Das Fasten können Sie unterstützen mit einer Weizengraskur und der Einnahme der grünen Alge Spirulina. Ihr hoher Chlorophyllgehalt wirkt entgiftend auf alle Organe und fördert gleichzeitig den Gallenfluß. Haben sich schon Gallensteine gebildet, sollten Sie sich über die Anwendung einer Olivenöl-Kur informieren. Olivenöl vermag die Steine aufzulösen und/oder sie aus den Gallengängen fortzuspülen. Die Olivenöl-Kur sollten Sie aber nur in Absprache mit Ihrem Hausarzt durchführen.

Gelenkentzündung (Arthritis)

Bei der Arthritis handelt es sich um eine Entzündung in den Gelenken. Vorwiegend werden Hand- und Finger- sowie Knie- oder Fußgelenke davon betroffen. Die Entzündung entsteht durch eine falsche Orientierung des Immunsystems. Es wendet sich plötzlich nicht nur gegen körperfremde Eindringlinge, sondern auch gegen gesunde Zellen in der Gelenkinnenhaut, wodurch oft eine schmerzhafte Schwellung und Entzündung entsteht. Ursachen hierfür können vorangegangene Infektionen durch Streptokokken sein, erbliche Faktoren, Übergewicht und allem voran seelische Komponenten. Auch die bekannte Pilzüberwucherung durch Candida albicans oder andere Mykosen können eine chronische Arthritis bedingen.

Tip: Um das richtige Funktionieren Ihrer Immunabwehr wirklich effektiv zu unterstützen, führen Sie am besten eine mehrwöchige Kur mit Grapefruitkern-Extrakt durch. Geben Sie dazu täglich fünf Tropfen des Grapefruitkern-Extrakts auf 250 Milliliter Wasser, und trinken Sie dieses vor dem Zubettgehen.

Zusätzliche Maßnahmen: Wählen Sie eine basenreiche Kost, und vermeiden Sie damit eine Übersäuerung Ihres Gesamtorganismus. Vermeiden Sie Übergewicht – Sie entlasten damit Ihre Gelenke. Heiße Wickel mit Rosmarinöl, auf die schmerzenden Gelenke aufgelegt, fördern die Durchblutung. Erleichterung und nachhaltigen Erfolg bringt auch die ABM Punktmassage bei Gelenkentzündungen aller Art. Ebenso wichtig ist die richtige Ernährung. Vermeiden Sie Nahrungsmittel mit hohem Cholesteringehalt wie Eier, Chips und fette Speisen.

Grippaler Infekt

Der grippale Infekt wird durch die Grippe- oder Influenza-Viren Typ A, B oder C ausgelöst. Der Körper baut zwar nach durchlebter Grippe eine Immunität gegen den Virustyp auf, aber Viren aus den Gruppen A und B können sich immer wieder zu neuen Stämmen ausbilden, so daß jährlich neue Grippe-Epidemien auftreten. Insofern kann die Grippeschutzimpfung in Frage gestellt werden, da niemand im voraus weiß, welcher Virentyp die nächste Grippewelle auslösen wird. Die Erkältung beginnt mit einer laufenden Nase, die ein wäßriges Sekret absondert. Die Influenza kann noch von Husten und Heiserkeit, Fieber, Hals-, Leib- und Glieder- schmerzen begleitet sein.

Sondert die Nase ein gelbes, zähes Sekret ab, liegt ein bak- terieller Befall vor, und es besteht die Gefahr, daß auch die Nasennebenhöhlen in Mitleidenschaft gezogen werden. Bei einer normalen Erkältung (zum Beispiel nach Kälte oder Durchnässung) wurde der Infekt nicht durch ein Virus her- vorgerufen. In allen Fällen aber kann der Grapefruitkern-Ex- trakt nützliche Dienste leisten, da er die körpereigenen Ab- wehrmechanismen positiv unterstützt.

Tip: Um die Immunabwehr zu unterstützen beziehungswei- se körperfremde Eindringlinge wie Viren und Bakterien zu eliminieren, empfiehlt sich die innerliche Einnahme des Grapefruitkern-Extrakts. Nehmen Sie zweimal täglich zehn Tropfen auf ein Glas Wasser ein, bis die Symptome gänzlich abgeklungen sind.

Zusätzliche Maßnahmen: Heiße Dampfinhalationen wirken schleimlösend. Setzen Sie dem heißen Wasser ätherische Öle zu, die gleichzeitig auch eine keimtötende Wirkung besitzen wie etwa Lavendel, Eukalyptus, Teebaumöl oder Thymianöl. Um die Immunreaktion weiter zu mobilisieren, können Sie zusätzlich Echinacea-Tropfen einnehmen. Bei einer begin- nenden Erkältung empfiehlt sich hier eine Stoßtherapie, das heißt, daß zu Anfang die Echinacea-Tropfen in sehr hoher Dosierung eingenommen werden (siehe Packungsbeilagen). Ruhe und Abdunkeln des Schlafzimmers können zu einer rascheren Genesung beitragen.

Gürtelrose

Die Gürtelrose wird von dem Virus Herpes Zoster verursacht. Es ist das gleiche Virus, das die Windpocken bei Kindern zum Ausbruch kommen läßt. Die Windpockenviren verharren nach der Krankheit in den Ganglien der Nerven. Bei immungeschwächten und älteren Personen kann es dann zum Ausbruch der Gürtelrose kommen. Sie ist sehr schmerzhaft und kann verschiedene Körperstellen befallen. Vorwiegend findet man sie am Rumpf, wo sie auf der Haut einen windpockenartiger Gürtel bildet. Gürtelrose muß unbedingt ausgeheilt werden, da die Viren im weiteren Krankheitsverlauf auch das zentrale Nervensystem schädigen können.

Tip: Um die Immunreaktion heraufzusetzen und die Herpes Zoster-Viren zu bekämpfen, empfiehlt sich die innere Einnahme des verdünnten Grapefruitkern-Extrakts. Nehmen Sie zweimal täglich zehn Tropfen auf ein Glas Wasser ein, bis die Symptome abklingen. Unterstützend und zur schnelleren Abheilung der betroffenen Stellen kann der Grapefruitkern-Extrakt auch äußerlich als Waschlotion (zehn Tropfen auf 500 Milliliter Wasser) angewendet werden.

Zusätzliche Maßnahmen: Schmerzlindernd und entzündungshemmend (wie auch bei den Windpocken) wirken warme Bäder oder Auflagen mit Kamillen-Sud oder das Auftragen von Wundpuder.

Herpes
(Siehe Bläschenentzündung am Mund)

Kopfläuse

Wenn Ihre Kinder in den Kindergarten oder die Schule gehen, werden Sie sicher selbst schon einmal die Erfahrung gemacht haben, welche Plage Kopfläuse darstellen können. Die Kopflaus setzt sich im menschlichen Haar fest und legt ihre Eier (Nissen) an den Haarwurzeln ab. Meistens sind die Eltern peinlich berührt, wenn ihr Kind einen Läusebefall aufweist. Er hat aber nichts mit fehlender Hygiene zu tun, sondern hängt von der Konstitution des Kindes ab, denn nicht jedes Kind wird davon befallen – ähnlich wie bei einem Grippevirus. Wenn sich eine Kopfläuseplage in Schule oder Kindergarten anbahnt, kann es deshalb ratsam sein, sich mit einem Homöopathen in Verbindung zu setzen. Gegen Kopfläuse gibt es äußerst bewährte homöopathische Medikamente, die sich auch prophylaktisch einsetzen lassen, damit Ihr Kind nicht von den Kopfläusen heimgesucht wird. Ist diese Plage allerdings schon da, können neben der Anwendung von Grapefruitkern-Extrakt auch naturheilkundliche Rezepte gute Abhilfe schaffen.

Tip: Nehmen Sie zwei Drittel Haarshampoo und ein Drittel Grapefruitkern-Extrakt-Lösung (20 Tropfen auf 250 Milliliter Wasser), und massieren Sie die Mischung gut in die Kopfhaut ein. Anschließend eine Plastikhaube über den Kopf geben und 20 Minuten einwirken lassen. Dann gut ausspülen. Danach die Haare mit einem Läusekamm durchfrisieren. Die Behandlung gegebenenfalls wiederholen.

Zusätzliche Maßnahmen: Auch Haarkuren aus ätherischen Ölen können rasche Abhilfe von der Kopflausplage schaffen: Mixen Sie sich eine Haarpackung aus 20 Tropfen Teebaumöl,

20 Tropfen Lavendelöl, zehn Tropfen Geranienöl mit 100 Milliliter Basisöl (zum Beispiel Mandel-, Oliven-, Jojoba- oder Avocadoöl). Die Haarkur auf das feuchte Haar auftragen und gut in die Kopfhaut einmassieren. Geben Sie eine Plastiktüte um den Kopf, und lassen Sie die Packung mindestens eine Stunde lang einwirken. Dann die Haare sorgfältig mit Shampoo waschen. Anschließend mit einem Läusekamm durchfrisieren. Die Anwendung gegebenenfalls wiederholen.

Krebs

Immer noch herrscht über die Ursache der Krebsentstehung das große Rätselraten in der klassischen Schulmedizin, und den großartigen Diagnoseverfahren stehen leider nur sehr dürftige Therapieansätze im ganzheitlichen Sinne gegenüber. Die Schulmedizin entfernt die Symptome, beschießt die einzelnen entarteten Zellen mit Chemotherapie – tötet darüber hinaus auch die gesunden Zellen – und verschreibt schmerzlindernde oder zelltötende Medikamente. Sicherlich haben die schulmedizinischen Krebstherapien ihren Stellenwert, gerade wenn der Faktor Zeit eine große Rolle spielt. Betrachtet man aber Krebs als eine Erkrankung, die vielleicht nicht nur eine einzige Ursache braucht, um zum Ausbruch zu kommen, sondern viele verschiedene Gründe hat, so sollten die Therapien ebenfalls auf den verschiedensten Ebenen ansetzen. Das heißt, daß sich mehrere Therapieformen zu einer gemeinsamen ergänzen müßten. Nicht die ideologische Vertretung einer Therapierichtung sollte der Maßstab für die Krebstherapie sein, sondern die Gesundheit und Heilung des Patienten. Wenn die effektivsten schulmedizinischen, biologischen, immunologischen und psychologischen

Krebstherapien und die vielen Außenseitermethoden zu einem ganzheitlichen Therapiekonzept zusammengefaßt würden, könnte sicherlich auch die Verabreichung von Grapefruitkern-Extrakt in diesem ganzheitlichen Therapiekonzept einen wichtigen Platz einnehmen. Natürlich kann die Anwendung des Grapefruitkern-Extrakts allein dem ungezügelten und unkontrollierten Zellwachstum eines Tumors nicht beikommen. Wir sollten uns aber vor Augen halten, daß man dem Krankheitsgeschehen Krebs auf den unterschiedlichsten Ebenen begegnen muß, um eine Chance auf Heilung zu haben. So kann die regelmäßige Einnahme von Grapefruitkern-Extrakt als eine von vielen unterstützenden Maßnahmen bei der Krebsbehandlung gesehen werden. Zwar liegen in dieser Richtung noch keine Untersuchungen vor, doch kennt man die immunkraftsteigernde Funktion des Mittels zur Genüge. Auch die Tatsache, daß die Wirkung des Grapefruitkern-Extrakts sich bislang nur auf pathologische Viren und Bakterien beschränkt, läßt darauf schließen, daß es sich beim Krebsgeschehen ähnlich verhalten wird.

Tip: Setzen Sie Grapefruitkern-Extrakt kurmäßig als additive Maßnahme ein. Zum einen steigern Sie die Abwehrkräfte Ihres Körpers, zum anderen werden Giftstoffe, Bakterien, Viren oder Pilze vernichtet, die auch eine Nebenrolle beim Ausbruch der Krebserkrankung spielen können.

Zusätzliche Maßnahmen: Informieren Sie sich eingehend über alternative Krebstherapien, und suchen Sie sich einen Arzt Ihres Vertrauens, so daß alle Therapien zusammen Hand in Hand gehen und nicht gegeneinander arbeiten. Lassen Sie in jedem Fall auch Ihre Zähne im ganzheitlichen Sinne sanieren. Das bedeutet die Entfernung aller Amalgamplomben sowie die eingehende Untersuchung auf eventuelle Eiterherde im Zahnbereich durch einen naturheilkundlich orientierten Zahnarzt. Lassen Sie auch Ihre Wohnung auf geopathische Belastungen hin untersuchen. Mit anderen Worten: Arbeiten Sie auf allen Ebenen!

Magen- und Darmbeschwerden

Magen- und Darmbeschwerden können vielerlei Ursachen haben und auf ebenso viele Krankheiten hindeuten. Oftmals handelt es sich aber um nervöse Erscheinungen, die sich abwechselnd in Durchfall oder Verstopfung äußern. Hierbei stehen meistens psychische Probleme im Vordergrund. Aber auch falsche Eßgewohnheiten, ein unausgeglichenes Säure-Basen-Verhältnis, ein Pilzbefall wie der von Candida albicans sowie andere Giftstoffe können zu Irritationen im Magen- und Darmbereich führen, die sich bei einer Nichtausheilung möglicherweise auch in Krankheiten manifestieren. In jedem Fall sollte zur genauen Diagnosestellung ein Arzt zu Rate gezogen werden.

Tip: Lassen sich die Magen-Darmbeschwerden auf einen Pilzbefall oder auf Infektionen zurückführen, kann die Einnahme von Grapefruitkern-Extrakt gute Dienste leisten. Trinken Sie dann dreimal täglich ein Glas Wasser mit fünf Tropfen Extrakt.

Zusätzliche Maßnahmen: Haben Ihre Magen- und Darmbeschwerden andere Ursachen, sollten Sie sich in jedem Fall auch der konstitutionellen Behandlung bei einem guten Homöopathen unterziehen.

Mandelentzündung (Tonsillitis)

Bei der Tonsillitis, auch Angina genannt, handelt es sich um eine Gaumenmandelentzündung, die in den meisten Fällen durch ein Streptokokken-Bakterium oder durch ein Virus hervorgerufen worden ist. Auf den Gaumenmandeln sind kleine gelbe Eiterpusteln erkennbar. Oft geht die Angina mit Schluckbeschwerden, Fieber und Schüttelfrost einher. In den meisten Fällen sind auch noch die hinter der Nase gelegenen Polypen von der Entzündung betroffen. Wenn die Mandelentzündung nach einigen Tagen nicht abklingt und sich Ohrenschmerzen einstellen, sollte der Arzt konsultiert werden. Häufig führt die Tonsillitis sonst zu schweren Mittelohrentzündungen. Über die Therapie der Tonsillitis herrschen im Lager der Ärzte unterschiedliche Ansichten. Die einen verordnen Gurgeln, die anderen vertreten die Ansicht, daß das Gurgeln mit antiviralen oder antibakteriellen Substanzen die Mandelentzündung dahingehend verdrängt, daß sie auf das Mittelohr übergreift. Wenn Sie also das Gefühl haben, daß sich die Erkrankung örtlich verlagert, sollten Maßnahmen zum Gurgeln besser unterlassen werden.

Tip: Geben Sie fünf Tropfen Grapefruitkern-Extrakt in ein Glas mit lauwarmem Wasser, und gurgeln Sie dreimal täglich damit. Zusätzlich kann der Grapefruitkern-Extrakt innerlich eingenommen werden. Trinken Sie ein Glas Wasser mit acht Tropfen Extrakt.

Zusätzliche Maßnahmen: Halten Sie Bettruhe ein, und trinken Sie viel. Verflüssigen Sie die Speisen, wenn Sie Schluckbeschwerden haben. Halsschmerzen können durch Gurgeln mit warmem Salbeitee gelindert werden. Entzündungshemmend wirkt ein Quarkwickel: Legen Sie kalten Quark auf den Halsbereich, decken Sie ihn mit einem warmen Baumwolltuch ab und wickeln Sie das Ganze mit einem Wollschal fest ein. Lassen Sie den Quarkumschlag eine halbe Stunde einwirken.

Mittelohrentzündung

Viren oder Bakterien, die durch den Hals- und Rachenraum weiter in den Körper eingedrungen sind, haben nur einen sehr kurzen Weg zum Mittelohr. Die Mittelohrentzündung wird meist von sehr starken Ohrenschmerzen, hohem Fieber und manchmal auch von Erbrechen begleitet.

Tip: Wegen der allgemeinen Infektion kann der Grapefruitkern-Extrakt auch innerlich eingenommen werden. Als Fertigpräparat werden Ohrentropfen mit Grapefruitkern-Extrakt angeboten. Sie können aber auch Ohrentropfen selbst herstellen, indem Sie drei Tropfen Grapefruitkern-Extrakt in einen Eßlöffel Basisöl (Weizenkeim-, Mandel- oder Avocadoöl) einmischen. Mit dem Wattestäbchen läßt sich diese Mischung an der Ohrmuschel auftragen. Reiben Sie auch das Ohrläppchen damit ein. *Achtung:* Verwenden Sie Grapefruitkern-Extrakt nie pur im Ohrenbereich, denn auch hier befinden sich Schleimhäute, und der direkte Kontakt könnte ansonsten zu Verätzungen führen.

Zusätzliche Maßnahmen: Zwei weitere Naturheilmittel haben sich bei der eitrigen Mittelohrentzündung besonders bewährt. Geben Sie ein paar Tropfen Lavendelöl auf einen Wattebausch, und stecken Sie diesen in die Ohrmuschel. Oder fertigen Sie einen Zwiebelwickel an: Zwiebel kleinhacken, etwas erwärmen, in Küchenpapier einwickeln und auf das Ohr legen. Eventuell durch ein Stirnband oder eine Mütze befestigen. Lavendelöl und die Zwiebel besitzen beide stark entzündungshemmende Eigenschaften. Durch die äußere Auflage kann die Entzündung aus dem Ohrinneren herausgezogen werden.

Nagelbettentzündung

In den meisten Fällen wird die Nagelbettentzündung durch den Soorpilz verursacht. Bei kleineren Verletzungen, zum Beispiel bei der Maniküre, können die Pilze dann in das Nagelbett eindringen und schwerwiegende Entzündungen mit Anschwellen der Fingerkuppe und sogar Eiterbildung verursachen. Hier empfiehlt sich die äußerliche Anwendung von verdünntem Grapefruitkern-Extrakt (zehn Tropfen auf 100 Milliliter Wasser).

Tip: Den Grapefruitkern-Extrakt ein paarmal täglich direkt in den betroffenen Nagelfalz einmassieren oder die betroffenen Stellen in Grapefruitkern-Extrakt-haltigen Fingerbädern mehrmals täglich jeweils fünf Minuten lang eintauchen.

Zusätzliche Maßnahmen: In der Homöopathie hat sich besonders das Aufträufeln von Hypericum D1 bewährt. Der Extrakt aus dem Johanniskraut in der ersten Potenz wirkt stark entzündungshemmend und wundheilend. Auch ein Fingerbad aus Eichenrindentee oder in verdünntem Teebaumöl kann die Hautreizung lindern.

Nagelpilz

Eine Pilzerkrankung im Nagel widersteht oftmals äußerst hartnäckig allen schulmedizinischen Behandlungsmethoden. Der Pilz kann tief ins Nagelbett hineinwachsen, auf andere Nägel übergreifen, sich zudem auch noch auf andere Personen übertragen und sogar in die Blutbahn gelangen und innere Organe infizieren. Beim Nagelpilz kommt es zu einer gelblichen Verfärbung des Nagels. Er wird dick und kann sogar abfallen.

Tip: Den Grapefruitkern-Extrakt unverdünnt ein paarmal täglich auf die betroffenen Nägel träufeln. Zuvor die Nägel abschleifen, am besten mit einem elektrischen Pedicüre-Set. Die Schleifteile anschließend auch in einem Wasserbad mit Grapefruitkern-Extrakt desinfizieren.

Zusätzliche Maßnahmen: Grundsätzlich empfiehlt sich bei der Nagelpilzerkrankung gründliche Reinigung und häufiges Desinfizieren der betroffenen Nägel durch geeignete Mittel mit antimykotischer Wirkung, zum Beispiel auch mit Teebaumöl.

Nasennebenhöhlenentzündung (Sinusitis)

Bei der Sinusitis haben sich die kleinen Verbindungslöcher von der Nase zu den Nebenhöhlen - meist aufgrund eines nicht ausgeheilten Schnupfens – verstopft. In diesen engen Gängen entwickelt sich ein Schleimstau, der für eindringende Keime den idealen Nährboden bietet.

Tip: Benutzen Sie ein Schnupfenspray mit Grapefruitkern-Extrakt, oder machen Sie eine Nasenspülung: fünf Tropfen Grapefruitkern-Extrakt auf circa 50 Milliliter Wasser geben. Mit einer Pipette oder einer Einmalspritze ein paar Tropfen davon in die Nasenlöcher einführen und mit der Einatmung hochziehen. *Achtung:* Grapefruitkern-Extrakt niemals unverdünnt an die Schleimhäute bringen, es besteht die Gefahr einer Hautverätzung.

Zusätzliche Maßnahmen: Auch Gesichtsdampfbäder können die Verschleimung lösen und wirken gleichzeitig antibakteriell, zum Beispiel die Kamille: Eine Handvoll Kamillentee in einem Liter Wasser aufkochen. Danach sofort das Gesichtsdampfbad durchführen, denn die ätherischen Öle der Kamille verflüchtigen sich sehr schnell. Lindernd wirkt ebenfalls eine mehrmals täglich durchgeführte Bestrahlung der Nasennebenhöhlen mit einer Rotlichtlampe.

Neurodermitis
(Siehe auch Allergie)

Die Neurodermitis ist eine Allergie. Sie äußert sich in trockener Haut mit Juckreiz, Rötungen und Schuppungen. Es entstehen chronische Hautekzeme. Die Ursachen sind weitgehend ungeklärt. So können erbliche Faktoren, psychische Konfliktsituationen oder allergieauslösende Stoffe und Nahrungsmittel eine Rolle bei der Entstehung der Neurodermitis spielen.

Tip: Grapefruitkern-Extrakt kann dabei helfen, die gestörte Immunabwehr wieder ins Gleichgewicht zu bringen: Die erste Woche einmal täglich neun Tropfen auf ein Glas Flüssigkeit einnehmen, in der zweiten Woche frühmorgens und abends und in der dritten Woche dreimal täglich.

Zusätzliche Maßnahmen: Führen Sie ein Allergietagebuch. Notieren Sie sich alle Stoffe, mit denen Sie in Kontakt gekommen sind, und auch Ihre Probleme. Denn durch die Fülle der Möglichkeiten ist es sehr schwierig, den allergieauslösenden Faktor herauszufinden. Sie können aber auch einen Allergietest bei Ihrem Arzt machen lassen. Bei Nahrungsmittelallergien hat sich vielfach auch die rotierende Kost bewährt. Sie bewirkt in manchen Fällen einen Desensibilisierungseffekt, indem bei der Nahrungsauswahl einige Zeit auf vermutlich allergieauslösende Lebensmittel verzichtet wird, diese dann aber wieder in den Speiseplan eingehen. Gute Erfolge bei Neurodermitis weist auch die Urintherapie auf. Geben Sie Ihren Urin (möglichst den Mittelstrahl des Morgenurins) auf einen Wattebausch, und bestreichen Sie damit die befallenen Hautstellen. Das lindert sofort die Beschwerden und mobilisiert die körpereigene Abwehr.

Nierenbeschwerden

Bei Nierenbeschwerden handelt es sich meist um eine bakterielle Infektion. Bakterien sind dabei aus der Harnröhre aufgestiegen und haben sich in den Nieren festgesetzt. Bei Nierenschmerzen oder -erkrankungen ist in jedem Fall der Rat oder die Diagnose eines Arzts einzuholen. Handelt es sich lediglich um eine bakterielle Infektion, können Sie die Beschwerden rasch durch die Einnahme von Grapefruitkern-Extrakt lindern. Gehen Sie aber gerade bei der Erkrankung von inneren Organen kein Risiko ein, und verlieren Sie keine Zeit durch

Selbsttherapieversuche. Es spricht jedoch nichts gegen die prophylaktische Einnahme des Grapefruitkern-Extrakts.

Tip: Grapefruitkern-Extrakt innerlich eingenommen kann dabei helfen, die Bakterien zu vernichten. Trinken Sie mindestens drei Liter Wasser oder Kräutertee über den Tag verteilt. Geben Sie in jedes Glas einen Tropfen Grapefruitkern-Extrakt.

Zusätzliche Maßnahmen: Wärme und Bettruhe helfen. Um dem Organismus nachhaltig Wärme zuzuführen, empfiehlt die anthroposophische Medizin das aufsteigende Fußbad: Nehmen Sie über circa zehn Minuten ein Fußbad, und geben Sie stetig wärmeres Wasser hinzu. Danach die Füße mit einer Kupfersalbe eincremen. Aus der Homöopathie: Bei Nierenschmerzen Berberis D12, dreimal täglich fünf Globuli.

Osteoporose (Knochenschwund)

Bei der Osteoporose handelt es sich im eigentlichen Sinne nicht um eine Krankheit, sondern um eine Abnutzungserscheinung der Knochen, die naturgemäß ab dem 35. Lebensjahr einsetzt. Die Knochendichte läßt mit zunehmenden Alter nach. Doch erst wenn die Knochen so schwach sind, daß sie das Körpergewicht nicht mehr tragen können, spricht man von einer Krankheit. Die ersten Alarmzeichen sind Rückenschmerzen oder ein Rundrücken. Bei der Osteoporose nimmt die Knochenmasse ab, die Knochenstruktur wird schwammartig, und die Bruchfestigkeit läßt somit nach. An dem lebenslangen Umbauprozeß der Knochenstruktur sind viele auf- und abbauende Zellen beteiligt. Freie Radikale (siehe Kapitel über Freie Radikale) werden in der modernen Medizin als die Zellkiller schlechthin bezeichnet. Sie zeichnen in großem Maße für die Zelldegeneration verantwortlich. Die tägliche Einnahme des antioxydativ wirkenden Grapefruitkern-Extrakts hat zur Folge, daß die Zellen, und insbesondere die Zellmembranen, den Angriffen der Freien Radikale standhalten und somit die Stabilität der Zellverbände, sprich der Knochen, erhalten bleibt. Antioxydantien verlangsamen generell den Alterungsprozeß aller Körperzellen.

Tip: Die langfristige Einnahme von zehn bis fünfzehn Tropfen Grapefruitkern-Extrakt führt dem Körper kontinuierlich ein hochwirksames Antioxydans gegen frühzeitigen Zellverfall zu.

Zusätzliche Maßnahmen: Grundsätzlich sind alle Maßnahmen zu nennen, die die Gesunderhaltung von Körper, Seele und Geist fördern. Dazu zählen eine vitamin- und mineralstoffreiche Ernährung und genügend Bewegung an der frischen Luft. Es empfehlen sich zum Knochenaufbau zusätzliche Dosen an Vitamin D, Fluor und Kalzium. Das Kalzium sollte allerdings weniger von Milchprodukten, sondern aus dunkelgrünem Gemüse stammen (Brokkoli, Spinat, Löwenzahn). Denn dieses Kalzium ist organisch gebunden und kann vom Körper besser verwertet werden.

Pilzbefall
(Siehe Candida albicans)

Pilzerkrankungen in der Vagina
(Siehe Ausfluß)

Rheuma
(Siehe Gelenkentzündung)

Warzen

Warzen werden durch das Humane Papilloma Virus (HPV) hervorgerufen, das mindestens 30 verschiedene Warzenarten auslösen kann. Diese Viren führen zur Bildung unterschiedlicher Warzentypen in den verschiedensten Körperregionen.

Die Therapie von Warzen erfordert sehr viel Geduld und eine langandauernde, konsequente Behandlung. Die Hälfte aller Warzen verschwindet jedoch nach circa zwölf Monaten auch ohne jegliche Behandlung wieder.

Die schulmedizinische Therapie von Warzen besteht im Vereisen mit flüssigem Stickstoff oder chirurgischen Verfahren sowie Verätzung oder Laserbehandlung. Weitaus schonender – allerdings auch etwas langwieriger – ist die Therapie mit Grapefruitkern-Extrakt und Thuja-Tinktur.

Tip: Besorgen Sie sich in der Apotheke ein Fläschchen (zehn Milliliter) Thuja in der Urtinktur. Tragen Sie mehrmals täglich ein bis zwei Tropfen dieser Urtinktur in Verbindung mit ein bis zwei Tropfen Grapefruitkern-Extrakt auf die Warzen auf. Bei der Behandlung von Warzen können Sie ausnahmsweise den Grapefruitkern-Extrakt unverdünnt anwenden.

Zusätzliche Maßnahmen: Ebenfalls bei der Behandlung von Warzen hat sich das Teebaumöl bewährt. Sie können dies zusätzlich zu Thuja und Grapefruitkern-Extrakt oder auch im Wechsel auf die Warze auftragen.

Bei all diesen Anwendungsvorschlägen gilt: Nur eine lang-andauernde und konsequente Behandlung wird von Erfolg gekrönt sein.

Zahnfleischentzündung

Zahnfleischentzündungen haben ihre Ursache meistens in mangelnder Zahnhygiene. Bakterielle Zahnbeläge und Zahnstein führen dazu, daß sich das Zahnfleisch zurückzieht (Parodontose). Es bilden sich Zahnfleischtaschen, die die idealen Brutstätten für Keime sind. Beim Zähneputzen oder beim Essen von harten Nahrungsmitteln wie zum Beispiel einem Apfel kann es daher zu Zahnfleischbluten kommen. Das A und O bei der Behandlung einer Zahnfleischentzündung ist also die richtige Zahnpflege. Putzen Sie die Zähne mindestens zweimal am Tag, nach Möglichkeit mit einer elektrischen Zahnbürste oder Munddusche. Die Zahnzwischenräume mit Zahnseide regelmäßig reinigen.

Tip: Geben Sie zehn Tropfen Grapefruitkern-Extrakt in das Wasser des Zahnputzglases oder in die Munddusche, und spülen beziehungsweise duschen Sie damit kräftig den Mund. Die desinfizierende Wirkung des Grapefruitkern-Extrakts zerstört die Keime im Mundraum.

Zusätzliche Maßnahmen: Zur Stärkung des Zahnfleischs können Sie das biologische Mundwasser von Weleda verwenden. Aus der Pflanzenheilkunde ist die gute Wirkung von Salbei bei Zahnfleischbluten und Zahnfleischentzündung bekannt. Bereiten Sie Salbeitee zu und gurgeln Sie damit mehrmals täglich. Bei Zahnschmerzen kann auch Teebaumöl oder Nelkenöl unverdünnt auf die schmerzenden Stellen aufgetragen werden. Geben Sie hierzu ein paar Tropfen der ätherischen Essenz auf ein Wattestäbchen, und bepinseln Sie damit die wunden Stellen. Zur Stabilisierung des Zahnfleischs mit der Zahnbürste nicht nur die Zähne putzen, sondern vor allem auch regelmäßig das Zahnfleisch massieren.

XV. Nachwort

Nachdem Sie sich nun mit den Einsatzmöglichkeiten von Grapefruitkern-Extrakt in diesem Buch auseinandergesetzt haben, haben Sie vielleicht den Eindruck gewonnen, daß man mit einem einzigen Fläschchen Grapefruitkern-Extrakt nahezu alle Beschwerden lindern kann. Doch selbstverständlich ersetzt der Extrakt aus der Grapefruit in keinem Fall den Arzt, und er wird sicherlich auch bei einigen Anwendern nicht die gewünschte heilende Wirkung hervorbringen. Wie alles im Leben unterliegt auch der Einsatz und damit die Heilkraft des Grapefruitkern-Extrakts einem höheren Prinzip, auf das wir Menschen keinen Einfluß haben. So wie manche Personen an bestimmten Viren oder Bakterien erkranken und andere wiederum nicht, genauso verhält es sich mit der Wirkung des Grapefruitkern-Extrakts. Einen hundertprozentigen Heilungsanspruch kann man an kein Medikament stellen. Die beste Möglichkeit, durch ein Mittel gesund zu werden, hat man, wenn man sich ernsthafte Gedanken über individuelle Krankheit macht. Warum leide gerade ich an diesem oder jenem Symptom? Was drückt es aus? Woran hindert mich diese Erkrankung? Die Antworten auf diese oder ähnliche Fragen können meist ein sehr wertvoller Schlüssel zur Heilung sein. Die Zeiten, in denen die Menschen ihre Körper am Empfang der Arztpraxen abgaben, um ihn dann orientierungslos den Göttern in Weiß zu überlassen, sind für die meisten Patienten zum Glück vorbei. Der menschliche

Körper ist keine Uhr, die man zum Uhrmacher bringen kann, um sie nach einiger Zeit repariert wieder abzuholen. Er benötigt große Aufmerksamkeit. Je weniger die Menschen ihre Symptome oder ihre Krankheit als individuellen Schicksalswink ansehen, um so schwieriger wird Heilung. Gerade die Menschen, die in den sogenannten zivilisierten Industrieländern leben, haben die Zusammenhänge zwischen Ursache und Wirkung lange Zeit verdrängt, und gerade sie hoffen immer wieder auf die Heilkraft von Wundermitteln. Diese Wundermittel an sich hat es nie gegeben, und es wird sie auch nie geben. Selbst wenn in diesem Buch der Eindruck entstanden sein mag, daß man mit Grapefruitkern-Extrakt nahezu an Wunder grenzende Möglichkeiten der Heilung zur Verfügung hat, trifft dies nur bedingt zu: Jeder Kranke muß zunächst die Aufforderung, die in seiner Krankheit liegt, verstehen und ihr nachkommen.

Dennoch habe ich mich dazu entschlossen, dieses Buch über den Grapefruitkern-Extrakt zu schreiben. Allein die Tatsache, daß der Extrakt eine den antibiotischen Substanzen gleichzustellende Wirkung auf Bakterien, Viren oder Pilze hat, rechtfertigt ein Buch über ein einziges Medikament. So können selbst Menschen, die nicht an die Zusammenhänge von menschlichem Verhalten und eventuell daraus resultierenden Krankheiten glauben, unschätzbaren Nutzen durch den Grapefruitkern-Extrakt erfahren. Wenn wir nur versuchen, den Einsatz von Antibiotika zu vermeiden, und deren schädigende Nebenwirkungen und Spätfolgen nach Möglichkeit ausschließen, ist der Menschheit schon ein großes Stück weitergeholfen. Die Devise für die Zukunft muß einfach pro Natur und contra Chemie lauten, wenn wir auf lange Sicht diesen Planeten bewohnen wollen. Die Besinnung auf natürliche und untoxische Mittel ist ebenfalls angesagt, wenn es darum geht, unsere Nahrungsmittel zu gewinnen. Statt Pestiziden Grapefruitkern-Extrakt, statt Antibiotika Grapefruitkern-Extrakt, statt Chlor Grapefruitkern-Extrakt, statt schwer abbaubaren chemischen Desinfektionsmitteln Grapefruitkern-Extrakt etc. Mir war es ein Anliegen, die vielfältigen Möglichkeiten und Vorteile des Grapefruitkern-Extrakts in den unterschiedlichsten Lebensbereichen aufzuzeigen, und ich hoffe, mit diesem Buch ein klein wenig dazu beizutragen, daß auch Sie das eine oder andere Mal auf die Fähigkeiten des Grapefruitkern-Extrakts zurückgreifen und dafür die chemische Keule im Regal lassen.

Anschriften und Bezugsquellen

DEUTSCHLAND

NEUMOND
Mühlfelder Straße 70
82211 Herrsching
Tel.: 0 81 52 / 88 00
Fax: 0 81 52 / 22 11

PRIMAVERA LIFE GmbH
BODHY TREE LIFE
PRODUKTE
Am Fichtenholz 5
87477 Sulzberg
Tel.: 0 83 76 / 80 80
Fax: 0 83 76 / 8 08 39 oder 92

GKE-VERSAND
Arminiusstraße 9
32839 Steinheim
Tel.: 0 52 33 / 9 38 99
Fax: 0 52 33 / 95 61 12

PROCARE GmbH
Am Kirchberg 11
64397 Modautal
Tel.: 0 61 67 / 10 01
Fax: 0 61 67 / 78 22

TERRAPHARM
Veterinär-Medizin
91315 Höchstadt
Tel.: 0 91 93 / 37 11
Fax: 0 91 93 / 56 53

MAIENFELSER NATUR-
KOSMETIK
H. P. Lindemann
Im Burgfrieden 17
71543 Wüstenrot-Maienfels
Tel.: 0 79 45 / 25 82
Fax: 0 79 45 / 15 71

QUO VADIS
Helmut Praum
Seebenseestraße 12a
81377 München
Tel.: 0 89 / 74 14 06 66
Fax: 0 89 / 74 14 06 63

GSE-VERTRIEB
Heilpraktiker
Michael Gracher
Saargemünder Straße 19
66119 Saarbrücken
Tel. und Fax: 06 81 / 5 50 25

JÜRGEN KOLB
Arndtstraße 5
10965 Berlin
Tel.: 0 30 / 6 93 93 34
Fax: 0 30 / 6 91 27 38

CIPASAN
Höllhäuser Weg 36
76534 Baden-Baden
Tel. und Fax:
0 72 21 / 7 04 20

SANITAS
Biologische Nahrungs-
ergänzungs- und Heilmittel
GmbH
Arminiusstraße 9
32839 Steinheim
Tel.: 0 52 33 / 95 61 41
Fax: 0 52 33 / 95 61 44

AMYRIS
Rose Eggert
Weinstraße 22
74343 Sachsenheim
Tel.: 0 70 46 / 75 39
Fax: 0 70 46 / 77 82

BIOSONA
Dipl. Biologe Helgo Feige
Wiesenweg 2
49565 Bramsche
Tel.: 0 54 61 / 7 12 49
Fax: 0 54 61 / 7 23 06

RICHARD WEIGERSTORFER
GmbH
Postfach 101 020
93010 Regensburg
Tel.: 09 41 / 79 38 42
Fax: 09 41 / 79 49 10

WERNER & WINKLER
Reichenäcker 7
97877 Wertheim
Tel.: 0 93 42 / 9 61 10
Fax: 0 93 42 / 96 11 96

ULLA KINON
Haus am Park
Ludwigstraße 21
61231 Bad Nauheim
Tel.: 0 60 32 / 89 42
Fax: 0 60 32 / 89 43

NORBERT HARMUTH
Sichersche Apotheke
Kaiserstraße 32
74072 Heilbronn
Tel.: 0 71 31 / 8 90 71 oder 72
Fax: 0 71 31 / 17 76 03

FRIEDRICH WEINKATH
»Der andere Weg«
Tierfutterergänzungsmittel
Otto-Pankok-Weg 3
46569 Hünxe
Tel.: 0 28 56 / 15 51
Fax: 0 28 58 / 15 57

GEBHARD DROGERIE
St.-Gebhard-Platz 5
78467 Konstanz
Tel.: 0 75 31 / 6 31 68
Fax: 0 75 31 / 5 22 40

HELMA JASTROW
An der Trawe 1
23843 Bad Oldesloe
Tel.: 0 45 31 / 8 52 34

SCHWEIZ

FARFALLA DÜFTE
Seefeldstraße 18
8008 Zürich
Tel.: 01 / 2 61 77 01
Fax: 01 / 2 62 25 13

MEDAFARM AG
Hans Margot
Kaspar-Pfeiffer-Straße 4
Postfach 707
4142 Münchenstein
Tel. und Fax: 0 61 / 4 11 42 32

PRO SANA AG
Postfach 368
6932 Breganzona
Tel.: 0 91 / 9 66
Fax: 0 91 / 71 83

L. A. LABOR
David Adjirackor-Bossart
Bruchstraße 33
6003 Luzern
Tel.: 02 / 40 16 91
Fax: 02 / 40 13 29

ÖSTERREICH

VEDIC COSMETICS
Uwe Brandweiner
Windeck 74
8283 Blumau
Tel. und Fax:
0 33 82 / 52 27 66

GOLDMANN

Fernöstliche Heilmethoden

Hans Höting,
Die Moxa-Therapie   13830

Dr. Deepak Chopra, Ayurveda   13786

Wilfried Rappenecker,
Yu Sen – Sprudelnder Quell   13898

Stephen T. Chang, Das Handbuch
ganzheitlicher Selbstheilung   13785

Goldmann · Der Taschenbuch-Verlag

GOLDMANN

Ernährung und Gesundheit

Stephen T. Chang,
Das Tao der Ernährung   13905

Rüdiger Dahlke, Bewußt fasten   13900

Anita Höhne, Heiltees   13824

Stephen Fulder,
Das Buch vom Ginseng   13836

Goldmann · Der Taschenbuch-Verlag